妙子《たえこ》（中央）の髪や化粧をなおす、お蔦《つた》（右）と小芳《こよし》（左）
（鏑木清方《かぶらききよかた》・鰭崎英朋《ひれさきえいほう》 画　春陽堂版『婦系図 後篇』口絵　個人蔵）

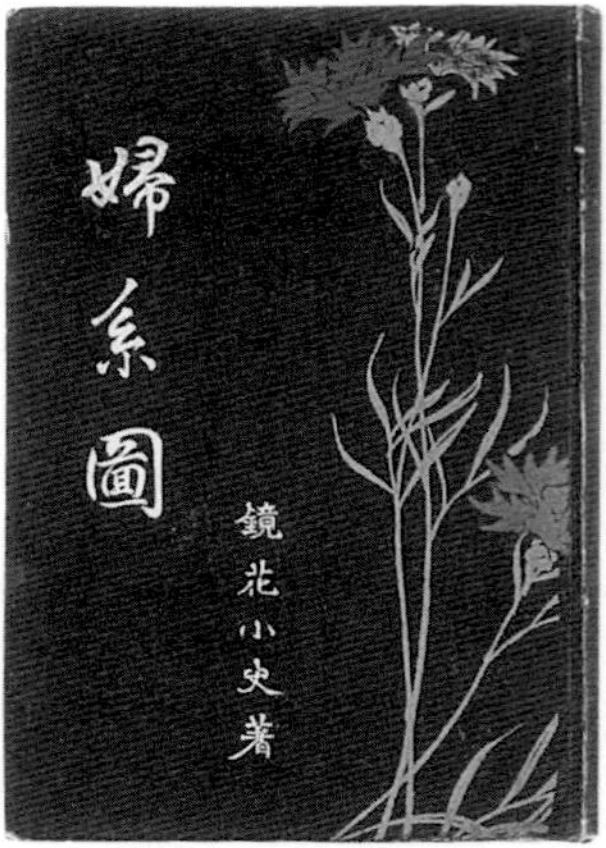

春陽堂版『婦系図』
前篇・後篇の表紙

『婦系図』を書いていた頃の
泉鏡花　34歳

ビギナーズ・クラシックス 近代文学編

泉鏡花の「婦系図」

山田有策

角川文庫
16803

はじめに

泉鏡花《いずみきょうか》の『婦系図《おんなけいず》』は彼の恩師であった尾崎紅葉《おざきこうよう》の未完の大作『金色夜叉《こんじきやしゃ》』と共に近代日本文学の中で最も世に知られた物語である。ただこの二作品の著名度は、多くの読者に愛読された結果というよりも、しばしば演劇化・映画化されてきたことに負っているのではないか。『婦系図』も『金色夜叉』もその中心をなすドラマとは別に、お蔦《つた》と主税《ちから》、貫一《かんいち》とお宮《みや》の悲恋物語としてのみ知られているからである。

紅葉の『金色夜叉』は、もともとはタイトルのように愛する人に裏切られ金銭の夜叉となった男の復讐《ふくしゅう》のドラマが展開していくはずであったが、さまざまな理由でいささか中途半端な形をとらざるを得なかった。これを師の傍らで黙視していた鏡花は貫一の内部に激発する情念と情熱を別の形で描きつくそうと決意したのではないか。その鏡花の文学的野心が結実したのが『婦系図』に他ならず、貫一に代わる主人公こそ早瀬主税だったのではないか。彼はここで美しい聖なる少女とその家族を守るために敵にあたる一族にすさまじい闘《たたか》いを挑んでいく。その背徳的とも言える行動は貫一など比較にならないような夜叉ぶりで、近代文学最初の悪漢《アンチ・ヒーロー》と呼びたいほどである。

このように『婦系図』はスリルとサスペンスそしてエロティシズムにも満ちたエンターテインメントとしてすばらしく豊潤《ほうじゅん》な物語である。だから原作を読むにしくはないのだが、残念ながら鏡花の文体はそれを容易に許してはくれない。彼の文体は迷宮をさまようような独得のもので、なれ親しむためにはかなりの時間とエネルギーを要するのである。そこでまず現代語訳と粗筋で物語の流れを大づかみにしてはどうか。その上で解説やコラムによって場面の特徴や背景に着眼する。そして全体像がつかめたら、作品解説あるいは年譜を含めた作家解説などで理解を深めよう。原作を味わうのはそれからで十分ではないか。

確かに原作にはいまだに解読しきれていない魅力が豊富に秘められているかもしれない。その秘密に迫るためにも、まず本書を一読してほしいのである。

山田有策

平成二十三年六月

泉鏡花《いずみきようか》の「婦系図《おんなけいず》」目次

婦系図 後篇

執筆協力　小野めぐみ

・原文は、『鏡花全集』の巻十と巻二十六（岩波書店）に拠《よ》り、明らかな誤植は訂正した。旧字体の漢字は新字体に改めた。かな遣いは旧かな遣いのままとしたが、漢字のふりがなは新かな遣いとした。
・章題は原作の通りである。ただし本書では、1、2…と分割した章がある。
・粗筋には、適宜、前後の章の内容も含まれている。また、最終章「隼」の「1」の冒頭三行は、原作では前章の末尾であることをお断りしておく。
・現代語訳、原文中の「＊　＊」は中略を示す。
・原文中には、今日の人権擁護の見地に照らして、不適切と思われる表現があるが、原作を尊重し、原文のままにしてある。

婦系図　前篇

◇鯛《たい》、比目魚《ひらめ》

訳 素顔に口紅をさしただけで、お蔦《つた》ときたらとびきりの美しさだ。おまけに口元で何やらかわいい音をさせている。でも、唇を鳴らしているのではない。鮮やかな紅に紛れてよく見えないけれど、▼白歯《しらは》にそっとほおずきをかんでいるのである。

「お蔦さん、ほら、早瀬《はやせ》さんの恋女房。二十《はたち》くらいにしか見えませんけど、▼二十三なんですって。その年でほおずきを鳴らすんですもの、何をしていた人か、だいたい見当がつきますよね。」

ここ▼飯田町《いいだまち》五丁目は役人の家庭が多いお屋敷町で、お蔦は近所の奥さんたちにこんなふうに噂《うわさ》されていた。

つい昨夜《ゆうべ》も、近くの神楽坂《かぐらざか》の毘沙門《びしゃもん》さまの縁日で桜草《さくらそう》の鉢を買ったついでに、ほおずきも品定めし、帯の間に挟んで帰ったお蔦であった。それを隣の女学生に「お一つ、どうぞ」とあげようとして、「そんな時代遅れのもの、いらないわ!」とはねつけられ、「生意気な」と悔しい思いをしたばかりだ。

昨夜のしかえしというのでもあるまいが、お蔦は今、ちょうどその隣の娘の部屋と垣根一つ隔てただけの台所でしきりにほおずきを鳴らしているのだった。▼腰障子《こししょうじ》にぴったりくっついて両手を懐《ふところ》に入れ、何もすることがなさそうな様子でじっと立ったまま鳴らしているのである。が、急にはっとして目を見開き、耳を澄ますようにほつれた▼銀杏返《いちょうがえ》しの頭を傾けた。

コロコロコロコロ、クウクウ、コロコロコロと声がするのだ。お蔦のほおずきが鳴るのにつれて。

＊　＊

お蔦がほおずきをククッと吹く、蛙《かえる》がカタカタ。ククッと吹く、カタカタ。

そのかすかなやりとりは、蝶《ちょう》の羽で三味線の胴を打つかのよう。ゆったりと高く昇った春の陽《ひ》が、お蔦の袖《そで》に射した。

そこへ、遠くから飛び込んできたのは、

「おーうっ」と長く響く威勢のいい声。

やってきたのは江戸前の魚屋だ。

この魚屋の声に応じるように居間との仕切りの障子が開き、お蔦のいる台所に顔を出したのは女中のお源《げん》である。お源は、こぢんまりと形のいい島田《しまだ》に結い、ほほをぽっと上気させている。二階の客にお茶菓子を運んで下りてきたところであった。

「奥様、魚屋が参りました。」

「大きな声を出すんじゃないよ。」

とお蔦は小声でたしなめながら、お源がうしろを通って外に出られるように体をずらした。

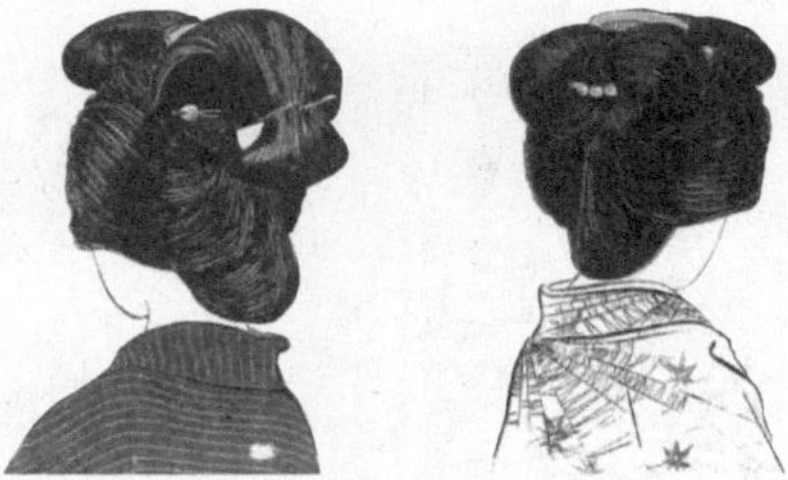

島田
未婚女性が結った

銀杏返し
未婚・既婚を問わず結った

「風俗画報」

「二階のお客に聞こえるじゃないか。」

と目配せをするお蔦に、お源はしまったという笑みを浮かべてちょっとうつむいたが、すぐにほんのり赤くした顔を勝手口から外へ出し、路地をやってくる魚屋の姿を認めて待ちうける。そのお源の顔にぶつけるように放たれた魚屋の声。

「奥さんは？」

　これがまた、さっきの「おーうっ」の調子でびんびん響いたので、お源は気が気でなく、手をばたばたさせて、静かに、と合図した。そこへ、二つの盤台《はんだい》を天びん棒でかついでぬっと立ったのは、皆から「め組《ぐみ》」と呼ばれている評判の魚屋。芝《しば》生まれの江戸っ子である。

＊　＊

←盤台

「でも、お源。おまえはそんなに長居《ながい》はするまいと言うけれど、お客様はすぐには帰りそうもないじゃないか。」

と言いながらお蔦は、ふたを取っため組の盤台をのぞき込む。中には、鯛《たい》が、輝くばかりにいきいきとして、まるで広重《ひろしげ》の絵を見るよう。柳の影こそさされないけれど、うろこは▼魚河岸《うおがし》で浴びた明け方の月の光をまだ宿しているかのようにぴかぴかだ。

め組が盤台にまな板をぽんと渡すと、その上に三十センチはある鮮やかな紅色の鯛が、そり返ってひらりと乗る。

朝から酒をひっかけてとろんとした目はしているけれど、め組はギラリと光る商売道具の出刃包丁をぴたりと構えた。

「刺身にするかい。」

「そうねぇ……。」

歌川(安藤)広重「鯛に山椒《さんしよう》」(『魚尽錦絵《うおづくしにしきえ》』)

とお蔦は、半てんの袖《そで》を合わせ、ちょっと首をかしげて考える。

「焼きなよ。昨日も刺身だったじゃねぇか。」

そう言いながら、め組はもう腰を入れて腕をさっさと動かしている。その切れ味のいい動きにつれて、鯛のうろこがぱらぱらと飛ぶ。

「鯛のついでに少々、焼きもちなんてなものもお焼きなさいますとけっこうでございますよ。へへへへへ。ご婦人のお客で、お二階じゃだんなとずいぶんお話がはずんでいるようでございますから。」

め組が鯛をおろす姿はいつ見てもしみじみいい、と評判の腕前にみとれながらも、お源はお蔦のかわりにばしっと言い返す。

「おあいにくさま。お客は、だんな様のお友だちのお母様でございますよーだ。」

▼白歯　この当時、庶民層の既婚女性にはお歯黒《はぐろ》の慣習が残っていた。お蔦はあえて歯を染めていないものとみられる。
▼二十三　数えの二十三歳。この作品の登場人物の年齢はすべて数え年である。数え年では、生まれた時点を一歳とし、その後、誕生日とは関係なく新年を迎えるごとに一歳ずつ加算していくので、現在用いられている満年齢より一、二歳

多くなる。
▼飯田町五丁目　現在の千代田区飯田橋《いいだばし》の一部。
▼腰障子　下のほう30cm位の所まで板をはった障子。
▼銀杏返し　やはりお蔦は既婚女性が主に結った丸髷《まるまげ》にあえてしていないとみられる。
▼魚河岸　日本橋にあった。大正12年の関東大震災後、築地《つきじ》に移転。

原文

素顔《すがお》に口紅《くちべに》で美《うつくし》いから、其《そ》の色《いろ》に紛《まが》ふけれども、可愛《かわい》い音《ね》は、唇《くちびる》が鳴《な》るのではない。お蔦《つた》は、皓歯《しらは》に酸漿《ほうずき》を含《ふく》むで居《い》る。……

「早瀬《はやせ》の細君《レコ》は丁《ちよう》ど（二十《はたち》）と見《み》えるが三《さん》だとサ、其年紀《そのとし》で酸漿《ほうずき》を鳴《な》らすんだもの、大概素性《たいがいすじよう》も知《し》れたもんだ、」と四辺近所《あたりきんじよ》は官員《つとめにん》の多《おお》い、屋敷町《やしきまち》の夫人連《おくさまれん》が風説《うわさ》をする。

既《すで》に昨夜《ゆうべ》も、神楽坂《かぐらざか》の縁日《えんにち》に、桜草《さくらそう》を買《か》つた次手《ついで》に、可《い》いのを撰《よ》つて、▼昼夜帯《ちゆうやおび》の間《あいだ》に挟《はさ》むで帰《かえ》つた酸漿《ほうずき》を、隣家《となり》の娘《むすめ》――女学生《じよがくせい》に、一《ひと》ツ上《あ》げませう、と言《い》つて、そんな野蛮《やばん》なものは要《い》らないわ！　と刎《は》ねられて、利《き》いた風《ふう》な、と口惜《くやし》がつた。

面当《つらあ》てと云《い》ふでもあるまい。恰《あたか》も其《そ》の隣家《となり》の娘《むすめ》の居間《いま》と、垣一《かきひと》ツ隔《へだ》てた此《こ》の台所《だいどころ》、腰障子《こししょうじ》の際《きわ》に、懐手《ふところで》で佇《たたず》んで、何《なん》だか所在《しょざい》なささうに、頻《しきり》に酸漿《ほうずき》を鳴《な》らして居《い》たが、不図《ふと》銀杏返《いちょうがえ》しのほつれた鬢《びん》を傾《かたむ》けて、目《め》をぱつちりと開《あ》けて何《なに》かを聞澄《ききす》ますやうにした。

コロ〱コロ〱、クウ〱コロ〱と声《こえ》がする。唇《くちびる》の鳴《な》るのに連《つ》れて。

＊　＊

ククと吹《ふ》く、カタ〱、ククと吹《ふ》く、カタ〱、蝶々《ちょうちょう》の羽《はね》で三味線《さみせん》の胴《どう》をうつかと思《おも》はれつつ、静《しず》かに長《た》くる春《はる》の日《ひ》や、お蔦《つた》の袖《そで》に▼二《に》三寸《さんずん》。

「おう、」と突込《つっこ》むで長《なが》く引《ひ》いた、遠《とお》くから威勢《いせい》の可《い》い声《こえ》。

来《き》たのは江戸前《えどまえ》の魚屋《さかなや》で。

此処《ここ》へ、台所《だいどころ》と居間《いま》の隔《へだ》てを開《あ》け、茶菓子《ちゃがし》を運《はこ》んで、二階《にかい》から下《お》りたお源《げん》といふ、小柄《こがら》の可《い》い島田《しまだ》の女中《じょちゅう》が、逆上《のぼ》せたやうな顔色《かおつき》で、

「奥様《おくさま》、魚屋《さかなや》が参《まい》りました。」

「大《おお》きな声《こえ》をおしでないよ。」

とお蔦《つた》は振向《ふりむ》いて低声《こごえ》で嗜《たしな》め、お源《げん》が背後《うしろ》から通《とお》るやうに、身《み》を開《ひら》きながら、

「聞《き》こえるぢやないか。」

目配《めくば》せをすると、お源《げん》は莞爾《にっこり》して俯向《うつむ》いたが、ほんのり紅《あか》くした顔《かお》を勝手口《かってぐち》から外《そと》へ出《だ》して路地《ろじ》の中《うち》を目迎《めむか》へる。

「奥様《おくさん》は？」

と其《そ》の顔《かお》へ、打着《ぶつ》けるやうに声《こえ》を懸《か》けた。又是《またこれ》が其《そ》の（おう。）の調子《ちょうし》で響《ひび》いたので、お源《げん》が気《き》を揉《も》むで、手《て》を振《ふ》つて圧《おさ》へた処《ところ》へ、盤台《はんだい》を肩《かた》にぬいと立《た》つた魚屋《さかなや》は、渾名《あだな》を（め組《ぐみ》）と称《とな》へる、名代《なだい》の芝《しば》ツ児《こ》。

＊　＊

「だつてお前《まえ》、急《きゅう》に帰《かえ》りさうもないぢやないか。」

と云《い》つて、め組《ぐみ》の蓋《ふた》を払《はら》つた盤台《はんだい》を差覗《さしのぞ》くと、鯛《たい》の濡色輝《ぬれいろかがや》いて、広重《ひろしげ》の絵《え》を見《み》る風情《ふぜい》、柳《やなぎ》の影《かげ》は映《うつ》らぬが、河岸《かし》の朝《あさ》の月影《つきかげ》は、未《ま》だ其《そ》の鱗《うろこ》に消《き》えないのである。

俎板《まないた》をポンと渡《わた》すと、目《め》の下《した》一尺《いつしやく》の鮮紅《からくれない》、反《そり》を打《う》つて飜然《ひらり》と乗《の》る。

とろんこの目《め》には似《に》ず、キラリと出刃《でば》を真名箸《まなばし》の構《かまえ》に取《と》つて、

「刺身《さしみ》かい。」

「然《そ》うね、」

とお蔦《つた》は、半纏《はんてん》の袖《そで》を合《あ》はせて、一寸傾《ちよつとかたむ》く。

「焼《や》きねえ、昨日《きのう》も刺身《さしみ》だつたから……」

と腰《こし》を入《い》れると腕《うで》の冴《さえ》、颯《さつ》と吹《ふ》いて、鱗《うろこ》がぱら〳〵。

「次手《ついで》に少々《しようしよう》お焼《や》きなさいますなぞも又《また》、へゝゝゝ、お宜《よろ》しうございませう。御婦人《ごじん》のお客《きやく》で、お二階《にかい》ぢや大層《たいそう》お話《はなし》が持《も》てますさうでございますから。」

「憚様《はばかりさま》。お客《きやく》は旦那様《だんなさま》のお友達《ともだち》の母様《おつかさん》でございます。」

め・の字《じ》が鯛《たい》をおろす形《かたち》は、何時《いつ》見《み》ても染々可《しみじみい》い、と評判《ひようばん》の手《て》つきに見惚《みと》れながら、お源《げん》が引取《ひきと》つて口《くち》を入《い》れる。

▼昼夜帯　表と裏を別の布で仕立てた女性用の帯。

▼寸　長さの単位。一寸は約３㎝。

▼尺　長さの単位。一尺は約30㎝。

▼真名箸　魚を料理するときに使う、木や鉄で作った長い箸。

解説　この時代の小説は特に長編の場合、例えば尾崎紅葉《おざきこうよう》の『金色夜叉《こんじきやしゃ》』（明治30〜35年）や徳冨蘆花《とくとみろか》の『不如帰《ほととぎす》』（明治31〜32年）がそうであったように、自然や情景の描写で始まることが多い。読者にとってもそのほうが時間（季節）や空間（場所）などを特定しやすく安定感を得やすい。しかし、泉鏡花のこの『婦系図』の場合はいきなりお蔦《つた》という女性の顔のクローズ・アップで始まっている。それも唇や口紅、白歯といった細部に焦点化されているわけで、極言すればフェティッシュな感覚すら誘発するような性的ともいえる描写なのである。長編小説のオープニングとしては異様だといってよいが、これがこの物語の特異さをきわやかにさし示しているとみてよい。

もちろん、唇や白歯の動きはすぐにほおずきの音色へと転位し、さらに蛙《かえる》の鳴き声へと転移して情景が拡大していく。そしてそこに魚屋が威勢よくとびこんできて、お蔦や女中のお源《げん》との軽妙なやり取りが始まるのだ。この段階にきて読者は江戸情緒が色濃く残る路地裏の世界を眼前にとらえ、ようやくホッとするのである。それにしても泉鏡花という作家は読者を迷宮に誘い、一瞬、不安におとしいれてやまない語り方をするものではないか。こうした鏡花の語り口は彼固有のものといってよく、それがこの物語のようなエンターテインメント（娯楽性の濃い作品）においても一貫している。彼の師匠の尾崎紅葉も絢爛《けんらん》たるレトリックを駆使してやまず、しばしば難解な表現となったが、紅葉の語り口は理路整然としていて文法的に明快であった。だから語句の意味を解読すれば理解できる類《たぐい》の文体であった。しかし原文を読めばわかるように、鏡花の文体は文法を大きく逸脱していく傾向があり、その意味で迷宮的な色彩をおびているのだ。だから、このオープニングのように読者がすぐには理解できないのも当然なのであるが、会話などが中心となると舞台的となり、きわめてわかりやすい。その点では紅葉の場合と同一であるといってよかろう。

★コラム　縁日とほおずき

縁日とは、ある神仏に特別に縁のある日のことで、祭礼が行われ、露店などもでてにぎわう。この物語のオープニングでお蔦《つた》が鳴らすほおずきは、牛込《うしごめ》・神楽《かぐら》坂《ざか》（現・新宿区神楽坂）の毘沙門天《びしゃもんてん》（日蓮宗善國寺《ぜんこくじ》）の縁日の露店で買ったものだという。毘沙門天の縁日はもともと正月、五月、九月の最初の寅《とら》の日だが、境内に出世稲荷《いなり》神社があることから、この物語の時代には午《うま》の日にも縁日を開いていた。当時の庶民にとってこうした縁日は何よりの楽しみだったのである。この神楽坂・毘沙門天の縁日と並んで人気のあったのが、少しあとの「道学先生」「男金女土《おとこかねおんなつち》」の章にでてくる本郷薬師の縁日であった。鏡花はこの物語の前半に、江戸から続く明治の東京の二大縁日をとり入れているのである。

一方、ほおずきはナス科の多年草の実で、夏から秋にかけて出回るものである。このオープニングは春という設定なので、お蔦が鳴らしているのは海ほおずき（巻貝の卵嚢《らんのう》）あるいはゴムほおずきかもしれない。いずれにしても、このほおずき鳴ら

神楽坂・毘沙門天の縁日
（『新撰 東京名所図会《ずえ》』）

しは昔から日本の、特に女の子の庶民的な遊びであった。しかし、お蔦にはなつかしいこの遊びが、隣の女学生には拒否されている。文明開化の時代に生きる女学生にとって、幼い日の遊びなど忘れ去りたいだけのものだったのだろうか。鏡花はここで、郷愁を「野蛮」と切り捨てる当時の風潮を批判しようとしている。鏡花にとって、江戸情緒のしみじみと漂う世界こそ故郷に他ならなかったのである。

◇見知越《みしりごし》

粗筋　帰っていった二階の客、すなわち河野英吉《こうのえいきち》の母・富子《とみこ》の姿を見て、め組《ぐみ》が驚くべき秘密を、早瀬主税《はやせちから》とお蔦《つた》に暴露した。かつてめ組は河野家の本拠地である静岡で暮らしたことがあった。富子は、夫が軍医として従軍中、め組の友だちの馬丁《べっとう》・貞《てい》造《ぞう》と不倫関係となり、娘をもうけたのだという。

▼馬丁　馬の世話をする人。馬丁《ばてい》。乗馬用あるいは馬車を引かせるための馬を飼い、その世話係を雇っている河野家の裕福ぶりがうかがえる。

★コラム「め組《ぐみ》」の素性

この物語のオープニングから登場し、このあと全編にわたって活躍する魚屋の上原惣助《かんばらそうすけ》はもっぱら「め組《ぐみ》」と呼ばれるほか「めの惣《そう》」「めの字《じ》」「めのさん」「めの公《こう》」「めい公《こう》」などと呼ばれている。本人にとっても自慢のあだ名らしいが、この「め組」や「め」はいったい何に由来するのだろうか。

惣助は原文で「名代《なだい》の芝《しば》ッ児《こ》」と紹介されるように生粋《きっすい》の江戸っ子で、芝（現・港区芝大門や浜松町あたり）の生まれである。この芝の氏神である芝神明《しばしんめい》の境内で江戸時代に大げんかがあった。文化二（一八〇五）年に力士と鳶《とび》の者（町《まち》火消《びけし》「め組」）が起こしたけんかで、その後、講釈や芝居などでさまざまに拡大され伝説化されていった事件である。その中で最も有名なのは竹柴其水《たけしばきすい》作の歌舞伎「神明恵和合取組《かみのめぐみわごうのとりくみ》」（通称「め組の喧嘩《けんか》」）で、東京の新富座《しんとみざ》で明治二十三（一八九〇）年に初演され、五代目尾上《おのえ》菊五郎《きくごろう》がめ組の頭《かしら》・辰五郎《たつごろう》を演じて大評判であった。魚屋・惣助の「め組」は、ここに登場する町火消の「め組」にちなむものとみてまちがいない。

江戸の火消《ひけし》は武家方の大名火消、定《じょう》火消と町方の町火消とから成っていたが、いろは四十七文字を組名としたことで知られる町火消のうち芝神明あたりの担当が「め組」であった。「名代の芝ッ児」の惣助にとって「め組」は地元のヒーローだったのである。

江戸の火消は家を壊して延焼を防ぐことが中心だったため、町火消の主体は建築や土木工事の職人である鳶であった。彼らは独特の意地や張りを気風として育て、江戸っ子を代表する存在となっていったのである。魚屋の惣助は自ら「め組」と名のる通り、まさしくこの鳶の少々乱暴でけんかっぱやく、しかもいなせな気風を十二分に体現していると言えよう。

◇矢車草《やぐるまそう》

訳

「ごめんください。」

という優しい声がすると同時に、花が降ってきたかと思うような何ともいえないいい香りに包まれて、おじぎをしていたお源《げん》はぼうっとなりながら顔をあげた。すると目の前には、帯といい、袂《たもと》といい、襟元《えりもと》といい、しごき帯といい、まさに百花繚乱《りょうらん》としかいいようのない妙子《たえこ》が立っていた。しかも、まあ！　紫と水色と白と紅《くれない》、色とりどりの矢車草《やぐるまそう》の大きな花束を片方の袖《そで》に抱いているではないか。それはもう、この暗い台所で、月夜に孔雀《くじゃく》を見ているかのようであった。

＊　＊

この妙子は、有名なドイツ文学者で某《ぼう》大学教授の文学士・酒井俊蔵《さかいしゅんぞう》の愛娘《まなむすめ》である。

酒井は、この家の主人・早瀬主税《はやせちから》にとって、先生で大恩人、かつお仕えする主人にあたる。主税が、「▼真砂町《まさごちょう》のお嬢様がいらした」と聞くやいなや、朝っぱらから台所で魚屋・め組《ぐみ》と冷や酒を茶碗でぐいぐいあおっていた、ついさっきまでのやんちゃぶりはどこへやら、一瞬にして態勢を整えたのにはこうしたわけがあるのであった。

しかし主税の朝酒などより、はるかにバレてはならないこと、それは、妙子が勝手口から来ると知って居間に飛びこんだ……お蔦《つた》の存在なのであった。お蔦は隠れぎわ、とっさに明かりとりの窓を閉めていった。そのため台所はやけに暗かったのである。

▼しごき帯　主に赤のちりめんで作り、帯の下にしめた。

▼矢車草　ヤグルマギク。明治の中頃渡来した、当時としては比較的ハイカラな花。

本書の口絵で紹介したように、『婦系図』の単行本の表紙には前・後篇ともにこの矢車草があしらわれている。

▼真砂町　現在の文京区本郷の一部。

原文

「御免《ごめん》なさいよ。」

と優《やさし》い声《こえ》、はツと花降《はなふ》る▼留南奇《とめき》の薫《かおり》に、お源《げん》は恍惚《うつとり》として顔《かお》を上《あ》げると、帯《おび》も、袂《たもと》も、衣紋《えもん》も、扱帯《しごき》も、花《はな》いろ〳〵の立姿《たちすがた》。まあ！　紫《むらさき》と、水浅黄《みずあさぎ》と、白《しろ》と紅《くれない》咲《さ》き重《かさ》なつた、矢車草《やぐるまそう》を片袖《かたそで》に、月夜《つきよ》に孔雀《くじやく》を見《み》るやうな。

＊　＊

妙子《たえこ》は、有名《ゆうめい》な独逸文学者《ドイツぶんがくしや》、なにがし大学《だいがく》の教授《きようじゆ》、文学士《ぶんがくし》酒井俊蔵《さかいしゆんぞう》の愛娘《まなむすめ》である。父様《とうさん》は、此《こ》の家《や》の主人《しゆじん》、早瀬主税《はやせちから》には、先生《せんせい》で大恩人《だいおんじん》、且《か》つ御主《おしゆう》に当《あた》る。さればこそ、嬢様《じようさん》と聞《き》くと斉《ひと》しく、朝《あさ》から台所《だいどころ》で冷酒《ひやざけ》のぐい煽《あお》り、魚屋《さかなや》と茶碗《ちやわん》を合《あ》はせた、其《そ》の挙動魔《ふるまいま》の如《ごと》きが、立処《たちどころ》に影《かげ》を潜《ひそ》めた。

未《ま》だそれよりも内証《ないしよ》なのは、引窓《ひきまど》を閉《し》めたため、勝手《かつて》の暗《くら》い……其《そ》の……誰《だれ》だか。

▼留南奇　香木をたいて着物にうつした香り。

解説

この物語の主人公は早瀬主税《はやせちから》だと言ってよいのだが、一面においては『婦系図』というタイトルに示される通り、お蔦《つた》をはじめとする多くの女性たちを中心とする物語でもあると言っていいのではないか。お蔦や女中のお源《げん》に続いて登場する妙子《たえこ》は多くの女性たちの中できわだって明るく、しかもほとんど聖なる少女と言ってよい輝かしさを一貫して保有し続けていく。彼女は主税の恩人であるドイツ文学者・酒井俊蔵《しゆんぞう》の娘であり、その点でも世間的に全く屈託することがない。この後、この妙子をめぐる縁談がきっかけとなって物語が動き出すわけで、その点で妙子はきわめて重要な位置を占めているのである。

この妙子が常に明るい世界に位置するのに対し、一貫して日陰に隠れすむのがお蔦である。ここでも妙子に見つからないようにそっと姿をかくしているが、それがお蔦という女性の運命を象徴していると言ってよい。妙子とお蔦は主税をはさんで正反対の位置にたたずんでいるのである。

◇新学士

粗筋　翌日の晩、主税《ちから》のところに河野《こうの》英吉《えいきち》がやってきた。英吉は二十七歳の文学士。従《じゅ》五位勲《くん》三等、前《さき》の軍医《ぐんい》監《かん》・英臣《ひでおみ》の長男で、姉が一人、妹が五人の七人きょうだいである。両親と、病院を継ぐべく医学士の婿《むこ》をとった姉、理学士に嫁《とつ》いだすぐ下の妹は静岡におり、英吉は女学生の妹たちと東京で暮らしている。英吉の嫁を探すため上京した母・富子《とみこ》とともに、先日、友人が教頭をつとめる照陽《しょうよう》女学校を参観して妙子《たえこ》を見《み》初《そ》め、主税に相談に来たのであった。

★コラム　女学校の授業参観――嫁探し
現在、授業参観といえば生徒の保護者によるものだが、この物語の時代、女学校においては嫁探しのための授業参観が行われていた。

この時代は、尋常《じんじょう》小学校四年、高等小学校二年で学校を離れる者がほとんどであった。ごく少数の、経済的にめぐまれ好学心に富む者だけが、中学校（五年）、さらには高等学校（三年）、帝国大学（三年）へと進学していった。河野英吉《こうのえいきち》はこのエリートコースを歩み学士の称号を得た超エリートの一人である。ただ、このコースは男性だけのものであった。

女性は、小学校で学業を終えるのが大多数で、一部の豊かな家庭の子女だけが女学校に進んだ。女学校は正式には高等女学校といい、この当時、基本的には四年制であったが一年の伸縮が認められていた。酒井俊蔵《しゅんぞう》の愛娘《まなむすめ》・妙子《たえこ》は照陽女学校の五年級に在学しているという設定で、来年卒業のはずである。しかし今と違って、当時の女学校の生徒には卒業後の展望がほとんどなかった。職業的に女性が自立できるような社会はいまだ成立していなかったのである。だから女学生には結婚するしか道がなかった。その結果として、結婚のために中退する者も多く、授業参観に名を借りた嫁探しが公然と許されてもいたのである。

この物語においては、河野英吉が母とともに妙子の通う照陽女学校に授業参観に行っている。彼が教頭と友人であることにもよるが、父・英臣《ひでおみ》が前《さき》の軍医監《ぐんいかん》で、従《じゅ》五位勲《くん》三等の有力者であることが大きく作用しているとみてよい。こうした社会的地位をバックにして、英吉は妙子をからめとろうとしていくのである。

◇縁談

訳
「酒井家の身分・家柄も確かめておかなくちゃならないし、妙子《たえこ》（と、もう呼び捨てにしている）の品行も調べておかなくちゃね。学校の成績は抜群にいいみたいだけど。父親の酒井は大酒飲みだというから、遺伝性の病気の恐れもあるし。まあそれは大丈夫としても、ああいうきれいな子は結核の心配が大いにある。それに、酒井家の親族関係とか、妙子の交友関係とか、そのへんを君にいろいろ詳しく聞いておきたいんだよね。」

河野英吉《こうのえいきち》のこの言い草を黙って聞いていられる早瀬主税《ちから》であろうか。主税は炭取りかごの中をばりばりとつっついた。これほど暖かいのに河野が両手をかざさずにはいられないほど火鉢の火が消えかかっていたので、主税は炭をつぎ足そうとしてさっきから横向きになり河野から顔をそむけていた。それで主税の額にみるみる立った稲妻形の青筋は河野には見えなかったのである。

「もう一回言ってくれ。何だって？　酒井家の身分・家柄？」

「うん、先方の身分さ。」

「ドイツ文学者、文学士さ……大学教授だよ。知ってるだろう、私の先生だ。」

「うん、それはわかっている。あとは、妙子の品行。」

「それから。」

「遺伝の問題。」

「結核か。」

「それに、親族・交友関係だ。もっとも、友だちなんか、たいした条件じゃないよ。結婚すれば娘時代のつきあいは自然と消滅するものだし、それに家の母さんが厳しくしつければどうってことはない。まてよ、まだ肝心なことがあったぞ。財産だ。酒井は金に困っていやしないか。あの人が親分肌なのは誰でも知っていることだ。人の面倒をみれば当然金がかかる。それに評判の酒飲みだし、芸者通いも盛んだというし……。借金でもあるんじゃなかろうか。」

「惚れてさ、かわいい、いとしい、と思う相手なら、なぜ命がけで嫁にもらおうとしないんだ。

結婚したあとで、体が不自由になろうが、結核になろうが、はたまたその結核がうつって共倒れになろうが、そんなことかまわないじゃないか。

それより何より、嫁の実家の財産をとやかく言うことだけは断じて許せない。万が一、実家の親が金に困って、場合によっては助けてくれと借りにくることもあるかもしれない。だけど、かわいい女房の親じゃないか。自分にとっても親なんだぜ。余裕があったら貢げばいい。ないならしかたがないけれど。が、それだって、三杯食う飯を皆で一杯ずつ分けて食うのが人情ってものじゃないのか。着ているものなら下着から脱いで全部やったらいいじゃないか。」

煙管《きせる》を持った手の先がぶるぶる震えるほどに、主税は熱意をこめて河野に迫った。しかし河野のほうは、うつむいて神妙《しんみょう》にしてはいるものの、どこか上の空で深く感じ入っているようではない。こっそりと隣の部屋までやってきてふすまのかげで聞いていたお蔦《つた》のほうがかえってぽろぽろ涙をこぼしていたのである。

▼結核　主に肺結核をさすところから肺病とも。明治時代以後、都市に人口が集中したことで感染者が激増し、昭和20年代まで死に到る国民病として恐れられた。

原文　「先方《さき》の身分《みぶん》も確《たしか》めねばならず、妙子《たえこ》、（と最《も》う呼棄《よびす》てにして）の品行《ひんこう》の点《てん》もあり、まあ、学校《がつこう》は優等《ゆうとう》としてだね。酒井《さかい》は飲酒家《さけのみ》だと云《い》ふから、遺伝性《いでんせい》の懸念《けねん》もありだ。其《それ》は大丈夫《だいじようぶ》としてからが、あゝ云《い》ふ美《うつく》しいのには有《あ》り勝《がち》だから、肺病《はいびよう》の憂《うれい》があつてはならず、酒井《さかい》の親属関係《しんぞくかんけい》、妙子《たえこ》の交友《こうゆう》の如何《いかん》、其処《そこら》等を一《ひと》ツ委《くわ》しく聞《き》かして貰《もら》ひたいんだがね。」

主税《ちから》は堪《たま》りかねて、ばり〳〵と烏府《すみとり》の中《なか》を突崩《つきくず》した。此《こ》の暖《あたたか》いのに、河野《こうの》が両手《りようて》を翳《かざ》すほど、火鉢《ひばち》の火《ひ》は消《き》えかゝつたので、彼《かれ》は炭《すみ》を継《つ》がうとして横向《よこむき》になつて居《い》たから、背《そむ》けた顔《かお》に稲妻《いなずま》の如《ごと》く閃《ひらめ》いた額《ひたい》の筋《すじ》は見《み》えなかつたが、

「最《も》う一度《いちど》聞《き》かう、何《なん》だつけな。先方《さき》の身分《みぶん》？」

「うむ、先方《さき》の身分《みぶん》さ。」

「独逸文学者《ドイツぶんがくしや》よ、文学士《ぶんがくし》だ……大学教授《だいがくきようじゆ》よ。知《し》つてるだらう、私《わたし》の先生《せんせい》だ。」

「む、そりや分《わか》つてるがね、妙子《たえこ》の品行《ひんこう》の点《てん》もあり、」

「それから、」

「遺伝《いでん》さ、」

「肺病《はいびよう》かね、」

「親族関係《しんぞくかんけい》、交友《こうゆう》の如何《いかん》さ。何《なに》、友達《ともだち》の事《こと》なんぞ、大《たい》した条件《じようけん》では無《な》いよ。結婚《けつこん》をすれば、処女時代《しよじよじだい》の交際《こうさい》は自然《しぜん》に疎《うと》くなるです。其《それ》に母様《かあさん》が厳《きび》しく躾《しつけ》れば、其《そ》の方《ほう》は心配《しんぱい》はないが、む、未《ま》だ要点《ようてん》は財産《ざいさん》だ。が、酒井《さかい》は困《こま》つて居《い》やしないだらうか。誰《たれ》も知《し》つた侠客風《きようかくふう》の人間《にんげん》だから、人《ひと》の世話《せわ》をすりや、つい物費《ものいり》も少《すく》なない。其上《それ》にや、評判《ひようばん》の飲酒家《さけのみ》だし、遊《あそ》ぶ方《ほう》も盛《さかん》だと云《い》ふし、借金《しやつきん》は何《ど》うだらう。」

＊　　＊

「惚《ほ》れてよ、可愛《かわい》い、可憐《いとし》いものなら、何故《なぜ》命《いのち》がけになつて貰《もら》はない。

結婚《けつこん》をしたあとで、不具《かたわ》にならうが、肺病《はいびよう》にならうが、また其《そ》の肺病《はいびよう》がうつゝて、其《それ》がために共々倒《ともどもたお》れようが、そんな事《こと》を構《かま》ふもんか。まあ、何《なに》は措《お》いて、嫁《よめ》の内《うち》の財産《ざいさん》を云々《うんぬん》するなんざ、不埒《ふらち》の到《いたり》だ。万々一《まんまんいち》、実家《さと》の親《おや》が困窮《こんきゆう》して、都合《つごう》に依《よ》つて無心合力《むしんごうりよく》でもしたとする。可愛《かわい》い女房《にようぼう》の親《おや》ぢやないか。自分《じぶん》にも親《おや》なんだぜ、余裕《よゆう》があつたら勿論貢《もちろんみつ》ぐんだ。無《な》ければ断《ことわ》る。が、人《にん》情《じよう》なら三杯《さんばい》食《く》ふ飯《めし》を一杯《いつぱい》づゝ分《わけ》るんだ。着物《きもの》は下着《したぎ》から脱《ぬ》いで遣《や》るのよ。」

と思《おも》ひ入《い》つた体《てい》で、煙草《たばこ》を持《も》つた手《て》の尖《さき》がぶる〳〵と震《ふる》へると、対手《あいて》の河野《こうの》は一《いつ》向気《こうき》にも留《と》めない様子《ようす》で、唯上《ただうわ》の空《そら》で聞《き》いて首《こうべ》だけ垂《た》れて居《い》たが、却《かえつ》て襖《ふすま》の外《そと》で、思《おも》はずはら〳〵と落涙《らくるい》したのはお蔦《つた》である。

解説　河野《こうの》英吉《えいきち》が早瀬主税《ちから》の家を訪ね、酒井家の内情を聞き出そうとする場面である。河野が河野家の結婚についての考え方を得意気に開陳すると、主税は横を向き、一見冷静に聞いているようだが、こみ上げてくる怒りに全身をふるわせる。そして遂《つい》に激情にかられて英吉を怒鳴りつけるのである。ここで展開される英吉と主税の対立こそ、この物語におけるテーマそのものと言ってよい。河野家を支配する結婚観を近代のブルジョア階層が生み出した一つの思想であるとするならば、それに正面から闘《たたか》いを挑むのが主税の人間観や恋愛観だと言ってよい。その意味でこの場面からこの物語のドラマティックな展開が本格的に始まったのである。それとともに主税の激しい怒りの発言を聞いたお蔦《つた》が感動の余り涙をこぼすシーンはこの二人の結びつきの強さをきわやかに示し、読者の脳裏に鮮やかな映像を残すこととなっている。

★コラム　統領・河野《こうの》英臣《ひでおみ》の栄光

河野家の統領は英臣だが、彼は「従《じゅ》五位勲《くん》三等、前《さき》の軍医監《ぐんいかん》」であるという。現代ではあまり見かけなくなった肩書きだが、これはいったいどのようなものなのであろうか。

まず「前の軍医監」だが、これは、以前「軍医監」だった、の意で現在は軍医監を辞していることを示している。軍医監は軍医すなわち軍に所属する医者の階級の一つである。階級制は現在では自衛隊や警察などの世界にしか存在しないが、かつての陸海軍の軍人社会はこの制度によって成立していた。陸軍軍医は三等軍医から始まり二等軍医、一等軍医、三等軍医正、二等軍医正、一等軍医正、軍医監と昇進していき、最高の軍医総監へと到達する。河野英臣はいつ頃軍医になったのか不明だが、軍医監（少将相当）まで昇進したのだからエリートであったことは確かである。ちなみに作家であると同時に軍医でもあった森鷗外《もりおうがい》は明治十四年に陸軍省に入り、明治二十八年に軍医監となり（制度改正でその後いったん一等軍医正となるが、明治32年、再び軍医監）、明治四十年には軍医総監（中将相当）にまで昇りつめている。

次に位階勲等《いかいくんとう》の「従五位勲三等」について説明しよう。位階勲等とは、国家に勲功のあったものに対して授けられる位《くらい》と等級と勲章のことである。

位階は古くは律令時代の冠位十二階にさかのぼるが、明治に入って一位から八位までと定められ、それぞれの位に正《しょう》・従《じゅ》があるので十六階とされた。この位階は現在、生存者には与えられていない。森鷗外が河野英臣と同じ従五位に叙せられたのは日清戦争後の明治二十八年であった。あるいは英臣の叙位もこの頃であったかもしれない。鷗外はこの後も叙位をかさね大正十一年の死の前日には従二位に叙せられている。

こうした伝統的な位階に組み合わされたのが西欧的な勲等であった。勲等は大勲位《だいくんい》以下、勲一等から勲八等まで十階級と定められ、それぞれ勲章が授与された。鷗外は最終的には勲一等に叙せられているが、英臣と同じ勲三等に叙せられたのは日露戦争中の明治三十七年のことである。英臣の叙勲がいつであったかはやはり不明だが、彼は勲三等を最後に退官し、これ以上昇級することはないとみられる。

しかし、従五位勲三等、前の軍医監の英臣はすでに並々ならぬ有力者であったと言わなければならない。彼はまちがいなく河野一族が誇るに足る統領だったのである。

◇一家《いっけ》一門《いちもん》　1

訳「すると何か。河野《こうの》家では、娘の結婚相手も条件がすべてそろった男でなければいけないというのか。」

「もちろんさ。だから皆うまくいっているんだよ。一番上の姉の婿《むこ》が医学士、僕のすぐ下の妹が縁づいているのが理学士。その次のが工学士。皆、食いっぱぐれがないだろう？　……今縁談のもちあがっている四番めの妹の相手も医学士さ。」

「また妙にえり好みをしてそろえたもんだな。」

「うん。これは父さんの主義でね。父さんは、我が河野家をそうそうたるメンバーで固めて、天下に名のとどろくような一族をつくりあげていこうとしているんだよ。それも、できれば一族内部の秩序がきちんと保たれているようなね。早い話が、各家庭の収入にしても、長女の所が三百円なら次が二百五十円、次が二百円、次が百五十円、一番下が百円というようにさ。

この計画が今のところかなりうまく進んでいる。この先、子の世代、孫の世代と、だんだん社会的地位が上がっていくと理想的だ。たとえば、僕たちの代が学士なら、子は博士、孫は大博士という具合にさ。

ゆくゆくは、貴族院のなかに河野党をうちたて、内閣を一族で組織する、というところまでいきたいね。幸い父さんにはもう孫も八、九人できた。引き取ってみっちり教育中の姪《めい》も三、四人いる。つまり計画は着々と進行中というわけさ。まあ何といってもこの計画の鍵は、妹たちが才能ある男を魅《ひ》きつけることにある。」

これを聞いた主税《ちから》は他人事《ひとごと》ながらカッとなった。

「それじゃあ君の妹たちは皆、学士を釣るえさじゃないか！」

「えさでもいいじゃないか。それのどこが悪いんだ。藤原氏のように一族がのぼりつめていくためだもの。それに当人たちのためでもあるよ。一人や二人うまくいかない者がいたってしかたのないところだが、家の両親の目は確かだからね。見込み違いの男を選ぶ心配はないんだ。

着実に地位を高めるためには天才肌や人並みはずれた男はいけない。そういうのは時々大失敗をやらかすだろう？　平凡で堅実な男が一番だ。正々堂々と構える武田信玄流さ。名刀・小豆長光《あずきながみつ》を振りかざして一人で信玄の本陣に切り込んでいった上杉謙信みたいなのは痛快は痛快だけれど、長期にわたる手堅い戦略には不向きだからね。

　こういうさ、河野家の壮大な夢の中心にいるのが僕だというわけさ。その僕の妻を選ぶにあたっては慎重にも慎重にならざるをえないじゃないか。だって、言ってみれば河野一族の女王を選ぶってことなんだからね。」

▼学士・博士・大博士　この当時だと、東京帝国大学と京都帝国大学の卒業生が学士。同大学院の修了者または学術上の功績の顕著な者に授けられた学位が博士。さらに博士の会議を経て授けるとされたのが大博士。しかし実際には大博士はうまれなかった。

原文　「すると何《なに》かね、婿《むこ》を選《えら》ぶにも、凡《およ》そ其《そ》の条件《じょうけん》が満足《まんぞく》に解決《かいけつ》されないと不可《いか》んのだね。」
「勿論《もちろん》さ、だから、皆円満《みんなえんまん》に遣《や》っとるよ。第一《だいいち》の姉《あね》が医学士《いがくし》さね、直《じき》の妹《いもうと》の縁附《えんづ》いて居《い》るのが、理学士《りがくし》。其《そ》の次《つぎ》のが工学士《こうがくし》。皆食《みんなく》ひはぐれはないさ。……今又話《いままたはな》しのある四番目《よばんめ》のも医学士《いがくし》さ、」

「妙《みよう》に選取《えりど》つて揃《そろ》へたもんだな。」

「応《うむ》、其《それ》は父様《とうさん》の主義《しゆぎ》で、兄弟一家《きようだいいつけ》一門《いちもん》を揃《そろ》へて、天下《てんか》に一階級《いつかいきゆう》を形造《かたちづく》らうと云《い》ふんだ。成《な》るべくは、銘々夫々《めいめいそれぞれ》の収入《しゆうにゆう》も、一番《いちばん》の姉《あね》が三百円《さんびやくえん》なら、次《つぎ》が二百五十円《にひやくごじゆうえん》、次《つぎ》が二百円《にひやくえん》、次《つぎ》が百五十円《ひやくごじゆうえん》、末《すえ》が百円《ひやくえん》と云《い》つた工合《ぐあい》に長幼《ちようよう》の等差《とうさ》を整然《きちん》と附《つ》けたいと云《い》ふわけだ。

　先《ま》づ行《おこな》はれて居《い》る、今《いま》の処《ところ》ぢや。而《そう》して其《そ》の子《こ》、其《そ》の孫《まご》、と次第《しだい》に此《こ》の社会《しやかい》に於《お》ける地位《ちい》を向上《こうじよう》しようと云《い》ふのが理想《りそう》なんです。例《たと》へば、今《いま》の代《よ》が学士《がくし》なら、其《そ》の次《つぎ》が博士《はかせ》さ、大博士《だいはかせ》さね。君《きみ》。

　謂《い》つて見《み》れば、貴族院《きぞくいん》も、一家族《いつかぞく》で一党《いつとう》を立《た》てることが出来《でき》る。内閣《ないかく》も一門《いちもん》で組《そ》織《しき》し得《う》るやうにと云《い》ふ遠大《えんだい》の理想《りそう》があるんだ。又幸《またさいわい》に、父様《とうさん》にや孫《まご》も八九人《はつくにん》出来《でき》た。姪《めい》を引取《ひきと》つて教育《きよういく》して居《い》るのも三四人《さんよにん》ある。着々《ちやくちやく》として歩《ほ》を進《すす》めて居《い》る。何《なん》でも妹《いもうと》たちが人才《じんさい》を引着《ひきつ》けるんだ。」

人事《ひとごと》ながら、主税《ちから》は白面《はくめん》に紅《こう》を潮《ちよう》して、

「ぢや、君《きみ》の妹《いもうと》たちは、皆学士《みながくし》を釣《つ》る餌《えさ》だ。」

「餌《えさ》でも可《い》い、構《かま》はんね。藤原氏《ふじわらし》の為《ため》だもの。一人《ひとり》や二人犠牲《ふたりぎせい》が出来《でき》ても可《い》いが、そりや大丈夫心配《だいじようぶしんぱい》なしだ。親《おや》たちの目《め》は曇《くも》りやしない。次第々々《しだいしだい》に地位《ちい》を高《たか》めようとするんだから、奇才俊才《きさいしゆんさい》、傑物《けつぶつ》は不可《いか》ん。然《そ》う云《い》ふのは時々失敗《ときどきしつぱい》を遣《や》る。望《のぞ》む処《ところ》は凡才《ぼんさい》で間違《まちが》ひの無《な》いのが可《い》いのだ。正々堂々《せいせいどうどう》の陣《じん》さ、信玄流《しんげんりゆう》です。小豆長光《あずきながみつ》を翳《かざ》して旗下《はたもと》へ切込《きりこ》むやうなのは、快《かい》は快《かい》なりだが、永久持《えいきゆうじ》重《ちよう》の策《さく》にあらず……

其《そ》の理想《りそう》に於《お》ける河野家《こうのけ》の僕《ぼく》が中心《ちゆうしん》なんだらう。其《そ》の中心《ちゆうしん》に据《すわ》らうと云《い》ふ妻《さい》なんだから、大《おお》いに慎重《しんちよう》の態度《たいど》を取《と》らんけりや成《な》らんぢやないか。詰《つま》り一家《いつけ》の女王《クイン》なんだから、」

解説　ここで河野英吉《こうのえいきち》が展開する河野家の野望とその戦略はなかなか興味深い。彼が例に引く平安中頃の貴族・藤原氏（娘を天皇の后《きさき》とすることで勢力を得た）

とは異なったかたちにせよ、婚姻によって富や権力と結びつくことは、近代のブルジョア社会でもよく見られる現象である。娘の結婚相手を当時のエリート中のエリートであった帝国大学出の学士に限定するという河野家のやり方は、新興ブルジョアジーの野心とその戦略という点ではそれなりにリアリティーがあると言ってよい。ただ、個々の人間性を完璧に無視し去り、人間をあたかも将棋の駒のようにあつかっている点は問題で、主税《ちから》が怒りを覚えるのも当然である。しかし英吉は父・英臣《ひでおみ》のこの方針を正当なものとして受容し、疑問すら抱いていない。しかしこの確信犯とも言うべき河野家の人々に対し、主税はこれから闘《たたか》いを挑んでいくことになる。

★コラム　信玄、謙信の一騎討《いっきう》ち

戦国時代には数多くの合戦があったが、その中でも川中島《かわなかじま》の戦いはよく知られている。甲斐《かい》の武田信玄と越後《えちご》の上杉謙信とが信濃《しなの》の川中島で五度にわたって争ったのである。中央（京都）に出、全国統一をはかろうとする両者にとって譲れない戦いであったが、結局は勝敗がつかないまま終わった。この中で永禄四（一五六一）年、上杉謙信が乱戦のさなか一人騎馬を駆って武田軍の本陣に突入し、床机《しょうぎ》に腰をすえている信玄に斬《き》りかかったという遭遇戦は特に有名で、河野《こうの》英吉《えいきち》もここで引き合いにだしているが、実はこれは史実ではない。にもかかわらず、あたかも史実であるかのように人々に記憶されてきたのである。それには浄瑠璃《じょうるり》や歌舞伎に仕立てられたことも一役かっていたと考えられる。たとえば近松門左衛門の「信州川中島合戦」（享保六〈一七二一〉年）や河竹黙阿弥《かわたけもくあみ》の「川中島東都錦絵《あずまのにしきえ》」

信玄と謙信の一騎討ち
（玉蘭斎貞秀《ぎょくらんさいさだひで》編・画『甲越軍記』）

（明治九〈一八七六〉年）などの中でこの時の謙信の刀の名が「小豆長光《あずきながみつ》」とされているように、細部まで明らかなかたちで伝えられてきたのである。

この両雄の一騎討ちは絵本、講談などで子供たちにも広まっていった。信玄はこの時軍配扇《ぐんばいうちわ》で必死に謙信の刀を防ぎ、かろうじて逃げたことになっており、この場面では圧倒的に謙信のほうが英雄的で子供たちの人気を得たようである。その後このシーンは少年雑誌の口絵などでも極彩色で描かれ、少年読者を魅了したものだが、そうした口絵にはしばしば江戸後期の儒学者・頼山陽《らいさんよう》の次のような詩が添えられていた。

不識庵《ふしきあん》の機山《きざん》を撃《う》つの図《ず》に題《だい》す
鞭声粛々《べんせいしゆくしゆく》　夜河《よるかわ》を渡《わた》る
暁《あかつき》に見《み》る千兵《せんぺい》の大牙《たいが》を擁《よう》すを
遺恨十年《いこんじゆうねん》一剣《いつけん》を磨《みが》き
流星光底長蛇《りゆうせいこうていちようだ》を逸《いつ》す

書き下し文にして紹介したが、これは頼山陽が、宿敵信玄をあと一歩のところで討《う》ちもらした謙信の無念を七言《しちごん》絶句に詠《よ》んだもので、日本人の胸奥に永くこだまするリズムと化していった。子供たちも、意味はわからないながらも、この言葉の響きに自然に共鳴していたのである。

主税《ちから》も河野英吉もこの伝説に親しんで育った世代とみてよいが、河野が信玄を「正々堂々」と評している点はやや疑問である。信玄は謀略にたけた武将であった。

◇一家《いっけ》一門《いちもん》　2

訳

「君がそんなにいやなら、もういいよ。君から聞かなくても、妙子《たえこ》のことはよそで聞けばいいんだから。」

河野《こうの》英吉《えいきち》は思いのほか素直にひっこみ、主税《ちから》より優位に立ったといわんばかりの態度でこう言った。

「けど、これを一本もらって行くよ。妙子が持ってきた花なんだろう？　縁結びのお守りにしたいから。」

「………」

「君が妙子のことを何とも思っていないなら花の一本や二本、けちけちするなよ。こんなにたくさんあるじゃないか。」

「………」

「じゃあ、もらうよ。」

床の間にいけてある矢車草《やぐるまそう》を、河野は今にも抜き取ろうとした。

そのときである。心ひかれる香りがふっとよぎると同時に、

「いけませんよ。」

半てんの襟《えり》をきりりとしごいてふすまのかげから現れたお蔦《つた》が河野の肩をすっと押さえた。河野はとっさに襲われたかのようによろけ、振り向くのがやっとである。そのすきにお蔦は河野と床の間とのあいだにすべり込み、矢車草をかばうようにして膝《ひざ》をついた。

「だめですよ。私がいけたのが台なしになるじゃありませんか。」

お蔦はこう言いながら河野ににっこりとほほえみかけた。

「えっ。だって、だって、こんなの、ただ突っこんであるだけじゃないか。▼池坊《いけのぼう》でも▼遠州流《えんしゅうりゅう》でもありゃしない。ちょっとぐらい抜いたって、できばえには全然影響ないと思うけど……。」

河野はさすがに手をひっこめてポケットにつっこんだが、お蔦の目の前を、靴下をはいた足でどたばた、どたばたと右往左往する。

「いいえ、これは▼柳橋《やなぎばし》流というんです。柳のようにふさふさといけてあるでしょう？　ちゃんとした流派なんですよ。」

「うそつけ。ま、そんなことはどうでもいい。ともかく、僕が惚《ほ》れこんだ花だから、くれよ。」

このとき主税が火鉢をぐっと手元に引き寄せた。お蔦がすらりと立ちあがる。

「だめと言ったらだめなんです。だってもうお相手の決まった花なんですもの。」

「もう決まった相手がいるのか！」

河野は目を大きく見開いた。

「ええ、いますとも。主税というね。」

「……やっぱりな、思った通りだ。子供の頃からいっしょに育ったおまえか、早瀬。」

「お蔦、何を言いだすんだ。」

「ちがうわよ。この花を引っぱるのは私を口説くのと同じことだと言ってるの。主税という相手がちゃんと決まった私をね。さあ河野さん、引っぱってごらんなさい。」

こう言いながらお蔦がぐいと踏みだすと、河野はたじたじと一歩後退。

「さあ、口説いてちょうだい。」

とさらににじり寄ると、その分だけ後ろへさがる。お蔦がにっこりしたまま前へ進むにつれて河野はじりじりと後ずさりし、とうとう隣の部屋に追い出されてしまったのだった。

▼池坊　室町中期、池坊専慶《いけのぼうせんけい》が創始した華道の流派。
▼遠州流　江戸中期、春秋軒一葉《しゅんじゅうけんいちよう》が創始した華道の流派。江戸初期の大名茶人・小《こ》堀《ぼり》遠州を開祖と称する。
▼柳橋流　お蔦が先ごろまで柳橋にいたことから流派になぞらえてこう言った。

原文
「なら可《い》い、君《きみ》に聞《き》かんでも余処《わき》で聞《き》くよ。」

と案外《あんがい》また英吉《えいきち》は廉立《かどだ》った様子《ようす》もなく、争《あらそ》や勝《か》てりの態度《たいど》で、

「しかし縁起《えんぎ》だ、こりゃ一本貰《いっぽんもら》って行《ゆ》くよ。妙子《たえこ》が御持参《ごじさん》の花《はな》だから、」

「……………」

「君《きみ》が何《ど》う云《い》ふ事《こと》も無《な》いのなら、一本二本《いつぽんにほん》惜《おし》むにや当《あた》るまい、こんなに沢山《たくさん》あるものを、」

「…………」

「失敬《しつけい》、」

あはや抜《ぬ》き出《だ》さうとする。と床《ゆか》しい人香《ひとか》が、はつと襲《おそ》つて、

「不可《いけ》ませんよ。」と半纏《はんてん》の襟《えり》を扱《しご》きながら、お蔦《つた》が襖《ふすま》から、すつと出《で》て、英吉《えいきち》の肩《かた》へ手《て》を載《の》せると、蹌踉《よろ》けるやうに振向《ふりむ》く処《ところ》を、入違《いれちが》ひに床《とこ》の間《ま》を背負《しよ》つて、花《はな》を庇《かば》つて膝《ひざ》をついて、

「厭《いや》ですよ、私《わたし》が活《い》けたのが台《だい》なしになります。」

と嫣然《えんぜん》として一笑《いつしよう》する。

「だつて、だつて君《きみ》、突込《つつこ》んであるんぢやないか、池《いけ》の坊《ぼう》も遠州《えんしゆう》もありやしない。些《ちつ》とぐらゐ抜《ぬ》いたつて、敢《あえ》てお手前《てまえ》が崩《くず》れると云《い》ふでもないよ。」

とさすがに手《て》を控《ひか》へて、例《れい》の衣兜《かくし》へ突込《つつこ》んだが、お蔦《つた》の目前《めさき》を、（子《こ》を捉《と》ろ、子《こ》捉《と》ろ。）の体《てい》で、靴足袋《くつたび》で、どたばた、どたばた。

「はい、これは柳橋流《やなぎばしりゆう》と云《い》ふんです。柳《やなぎ》のやうに房々《ふさふさ》活《い》けてありませう、ちやんと流儀《りゆうぎ》があるぢやありませんか。」

「嘘《うそ》を吐《つ》き給《たま》へ、まあ可《い》いから、僕《ぼく》が惚込《ほれこ》むだ花《はな》だから。」

主税《ちから》は火鉢《ひばち》をぐつと手許《てもと》へ。お蔦《つた》はすらりと立《た》つて、

「だつて最《も》う主《ぬし》のある花《はな》ですもの。」

「主《ぬし》がある！」と目《め》を睜《みは》る。

「えゝ、ありますとも、主税《ちから》と云《い》つてね。」

「それ見《み》ろ、早瀬《はやせ》、」

「何《なん》だ、お前《まえ》、」

「否《いいえ》、貴下《あなた》、此《こ》の花《はな》を引張《ひつぱ》るのは、私《わたし》を口説《くど》くのと同一訳《おんなじわけ》よ。主《ぬし》があるんですもの。さあ、引《ひつ》

子を捉ろ、子捉ろ
（『尾張童遊集』）

鬼ごっこの一種。親役の子の後ろに数人の子役が前の子の帯をにぎって一列になる。鬼は子役をつかまえようとし、親役がそれを防ぐ。ここでは、河野が鬼役、背後の矢車草ひいては妙子(子役)を河野から守るお蔦が親役に見立てられている。

張《ば》って御覧《ごらん》なさい。」

と寄《よ》ると、英吉《えいきち》は一足《ひとあし》引《ひ》く。

「さあ、口説《くど》いて頂戴《ちょうだい》。」

と寄《よ》ると、英吉《えいきち》は一足《ひとあし》引《ひ》く。微笑《ほほえ》みながら擦《す》り寄《よ》るたびに、たじ〳〵と退《すさ》って、やがて次《つぎ》の間《ま》へ、もそりと出《で》る。

解説　河野《こうの》英吉《えいきち》は妙子《たえこ》が主税《ちから》への贈り物として持参した矢車草《やぐるまそう》を持ち帰ろうとする。そうした行為で妙子への執着を体現しているのだが、そこには妙子への愛情を邪推されたくないという主税の想いを見抜いたしたたかな策略も垣間見《かいまみ》える。河野が凡庸《ぼんよう》な男ではないことがみてとれるシーンであり、事実、主税はここで心理的に追いこまれていくのである。

この主税を救い、かつ河野の野心の出端《でばな》をくじくのがお蔦《つた》である。彼女は、矢車草を活《い》けたのは私であり、もうこの矢車草は私そのものだ、と言い切る。そして、私は主ある身と言い放ち、その主の主税の前で私を口説く勇気がおあり?と啖呵《たんか》をきるのだ。お蔦が江戸っ子らしい気風《きっぷ》のよさを鮮やかに示した、読者としても十二分に快感を味わえるシーンなのではないか。と同時に、お蔦の過去を「柳橋流《やなぎばし》」という言葉とともにほのめかすシーンであるともいえよう。

◇道学先生

粗筋

河野《こうの》家ではすでに妙子《たえこ》の身元調査を終え、正式に酒井家に縁談を申し込むため、道学者の坂田《さかた》礼之進《れいのしん》を仲人《なこうど》に立てた。

何とかしてこの縁談をくいとめようとする主税《ちから》は再三、本郷・真砂町《まさごちょう》の酒井宅に足を運んだ。しかしこの日も酒井は留守で、主税はすごすご帰る途中、▼本郷薬師の縁日の露店で▼三世相《さんぜそう》という占いの古本に目を留める。河野英吉《えいきち》と妙子の相性は大吉であった。憤然とした主税は、その本を高く売りつけようとする露店の主人と押し問答を始める。

▼本郷薬師　本郷（現・文京区本郷）にあった天台宗真光寺《しんこうじ》の薬師堂。毎月8、12、22日の縁日は大変なにぎわいであった。真光寺は戦災で焼失し世田谷に移転したが、薬師堂は本郷に再建されている。

▼三世相　仏教の因果説に「木《もく》・火《か》・土《ど》・金《ごん》・水《すい》」の五行思想を交え、生年月日、人相などから三世（前世・現世・来世）の因縁や吉凶を占ったもの。主税が見た河野と妙子の大吉の相性は次のようなものだった。「男金《おとこかね》　女土《おんなつち》　大《おおい》によし。子五人か九人あり。衣食み

ち、ふつき（富貴）にして……」とある。

（『三世相解 重宝大雑書 全』）

★コラム　道学先生とは？

この物語は河野《こうの》一族のホープである英吉《えいきち》が酒井俊蔵《しゅんぞう》の娘・妙子《たえこ》に求婚することから始まるのだが、その使者として派遣されるのが坂田礼之進《れいのしん》なる人物である。

「アバタ大人《たいじん》」から転じて「アバ大人《たいじん》」とあだ名されているのは、顔に天然痘《てんねんとう》のあとが残っているせいであるが、それとは別に彼は「道学先生」とか「道学者先生」とも呼ばれている。

現代でこそほとんど死語となったが、かつて「道学」は庶民の間にかなり根深く浸透していた。もともとは儒学とくに朱子学をさしていたらしいが、江戸時代に神・儒・仏の三教を融合させ心の修養を説く心学が発生してからは、「道学」はもっぱらこの「心学」をさすようになっていった。これは庶民にわかりやすいたとえ話などによって倫理を説くもので、平易なだけに庶民向けの教育として成功していったのである。近代以後もこうした「道学」はまだかなりの影響力をもっていたようである。

ただ、こうした「道学者」は、なまじ倫理・道徳を説くだけにその人品との落差がからかいの対象となり、「――先生」と揶揄《やゆ》されることが多かった。坂田はなかなかの有名人であるらしいが、一方でエネルギッシュに媒酌人《ばいしやくにん》をこなし、これだけで食べていけるとまで噂《うわさ》されている。この一点だけでも「道学先生」あるいは「道学者先生」と呼ばれるにふさわしいではないか。

◇男金女土《おとこかねおんなつち》

訳　そのとき主税《ちから》の肩越しにぴゅっと飛んできたものがある。カンテラの煙ばかりの薄暗い明かりを横切って、きらりと光りながら古本の上に落ちたのは▼二十銭《にじっせん》銀貨であった。

と同時に、

「要《い》るものなら、買っておけ。」

渋い、凜《りん》とした声が響く。

「先生。」

主税は思わず身をすくめ、慌てて帽子をとり、両手をそろえて頭を下げた。

露店の主人は前のめりになって売り物の古道具のなかに片手をつき、もう一方の手でひしと銀貨を押さえながら、二人の様子をきょとんとして見上げている。

茶色の中折帽《なかおれぼう》を無雑作にかぶった酒井俊蔵《しゅんぞう》は、細かい茶のたてじまの入っ

カンテラ
携帯用の石油ランプ

た黒の着物に紺の博多《はかた》帯《おび》をきりりとしめ、家紋の丁字《ちょうじ》巴《どもえ》を背と両袖《りょうそで》のうしろとに三つ白く染め抜いた黒の羽織を着ていた。背が高くてすらりとしているので、片手を懐《ふところ》に入れ空になった短めの袖をはたはたさせているのが粋《いき》である。だが着くずしすぎもせず、黒八丈《くろはちじょう》の襟《えり》をきちんと合わせていた。あさ黒い顔は、彫りが深く鼻筋のすっと通った品のある顔立ちで、何といっても目に恐ろしいほどの威厳をたたえている。ただし口元だけは、愛らしい娘の妙子《たえこ》とそっくりで、赤ん坊もすぐになついてしまいそうだ。

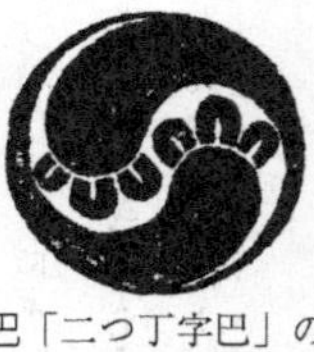

丁字巴「二つ丁字巴」の一種
(『日本家紋総鑑』)

丁字とはスパイスのクローブで、古来香料として珍重された。

ちょっと見ると、妙子の父親とは思えないほどに若い。というのは、妙子は酒井がまだ金ボタンの学生服を着ていたときに生まれた子だからである。そのころ、奥方の謹《きん》は婚約者であった。妙子は父と母の両方からその美しさをうけついでいる、と皆から言われているのだが……。

▼二十銭銀貨　一銭は一円の百分の一の単位。当時の銀貨には10銭、20銭、50銭の

ものがあったが、ここでは古本の言い値の20銭。

原文

主税《ちから》の肩越《かたご》しにきらりと飛《と》んで、かんてらの燻《くすぶ》つた明《あかり》を切《き》つて玉《たま》の如《ごと》く、古本《ふるほん》の上《うえ》に異彩《いさい》を放《はな》つた銀貨《ぎんか》があつた。

同時《どうじ》に、

「要《い》るものなら買《か》つて置《お》け。」

と鏽《さび》のある、凛《りん》とした声《こえ》がかゝつた。

主税《ちから》は思《おも》はず身《み》を窘《すく》めた。帽子《ぼうし》を払《はら》つて、は、と手《て》を下《さ》げて、

「先生《せんせい》。」

露店《ろてん》の亭主《ていしゆ》は這出《はいだ》して、慌《あわ》てて古道具《ふるどうぐ》の中《なか》へ手《て》を支《つ》いて、片手《かたて》で銀貨《ぎんか》を圧《おさ》へながら、きよとんと見上《みあ》げる。

茶《ちや》の中折《なかおれ》帽を無造作《むぞうさ》に、黒地《くろじ》に茶《ちや》の千筋《せんすじ》、平《ひら》お召《めし》の一枚小袖《いちまいこそで》。黒斜子《くろななこ》に丁字巴《ちようじどもえ》の三《み》つ紋《もん》の羽織《はおり》、紺《こん》の無地《むじ》献上博多《けんじようはかた》の帯腰《おびこし》すつきりと、片手《かたて》を懐《ふところ》に、裄短《ゆきみじか》な袖《そで》を投《な》

げた風采《ふうさい》は、丈高《たけたか》く痩《や》せぎすな肌《はだ》に粋《いなせ》である。然《しか》も上品《じょうひん》に衣紋正《えもんただ》しく、黒八《くろはち》丈の襟《えり》を合《あ》はせて、色《いろ》の浅黒《あさぐろ》い、鼻筋《はなすじ》の通《とお》つた、目《め》に恐《おそ》ろしく威《い》のある、品《ひん》のある、眉《まゆ》の秀《ひい》でた、但其《ただそ》の口許《くちもと》はお妙《たえ》に肖《に》て、嬰児《みどりご》も懐《なつ》くべく無量《むりょう》の愛《あい》の含《ふく》まる丶。

一寸見《ちょっとみ》には、彼《か》の令嬢《れいじょう》にして、其《そ》の父《ちち》ぞとは思《おも》はれぬ。令夫人《おくがた》は許嫁《いいなずけ》で、お妙《たえ》は先生《せんせい》が未《いま》だ金鈕《きんぼたん》であつた頃《ころ》の若木《わかぎ》の花《はな》。夫婦《ふたり》の色香《いろか》を分《わ》けたのである、とも云《い》ふが

解説

これまで名前が何度も人々の口にのぼり、すっかり読者の脳裏に刻みこまれた酒井俊蔵《しゅんぞう》だが、ここまでは読者の前にその姿を現したことはなかった。妙《たえ》子《こ》の父であり、主税《ちから》が先生と慕う酒井はドイツ文学者であり、某《ぼう》大学の教授であるが、そうしたことよりも生粋《きっすい》の江戸っ子であり、通人としての面がきわだっているようだ。だから読者の前に初登場する際も実に粋で何ともいなせな動作とともに立ち現れるのである。本郷薬師の縁日で夜店の亭主に二十銭とふっかけられた主税は、妙子《たえこ》と河野英吉《こうのえいきち》の相性が大吉などといういまいましい内容の古びた三《さん》世《ぜ》相《そう》を前に返事をしぶっている。と、その三世相の上に二十銭銀貨を投げた者が

いる。びっくりして振り向いた主税の眼に酒井の魅力的な姿があざやかに映ずるのである。芝居的と言うより実に映画的な登場のし方だとみてよい。続いて渋い声で言い放たれる「要《い》るものなら買つて置け」というセリフも、必要な物なら値段などにこだわらず買えという、酒井の江戸っ子らしい人生哲学を示しているといえよう。

◇電車

粗筋　主税《ちから》の家に行くつもりだったという酒井と連れだって帰途についた主税は、何としても一足先に帰ってお蔦《つた》を隠そうとあせる。すると酒井は、なじみの芸者・小芳《こよし》のいる柳橋《やなぎばし》の柏家《かしわや》に行き先を変えるのだった。

二人は柳橋に向かう電車で偶然坂田礼《れい》之進《のしん》と乗り合わせる。財布をすられた、と犯人をつきだした坂田が、逆にぬれぎぬだといってののしられていた。しかし主税は不機嫌な酒井に気をとられていて、それどころではなかった。

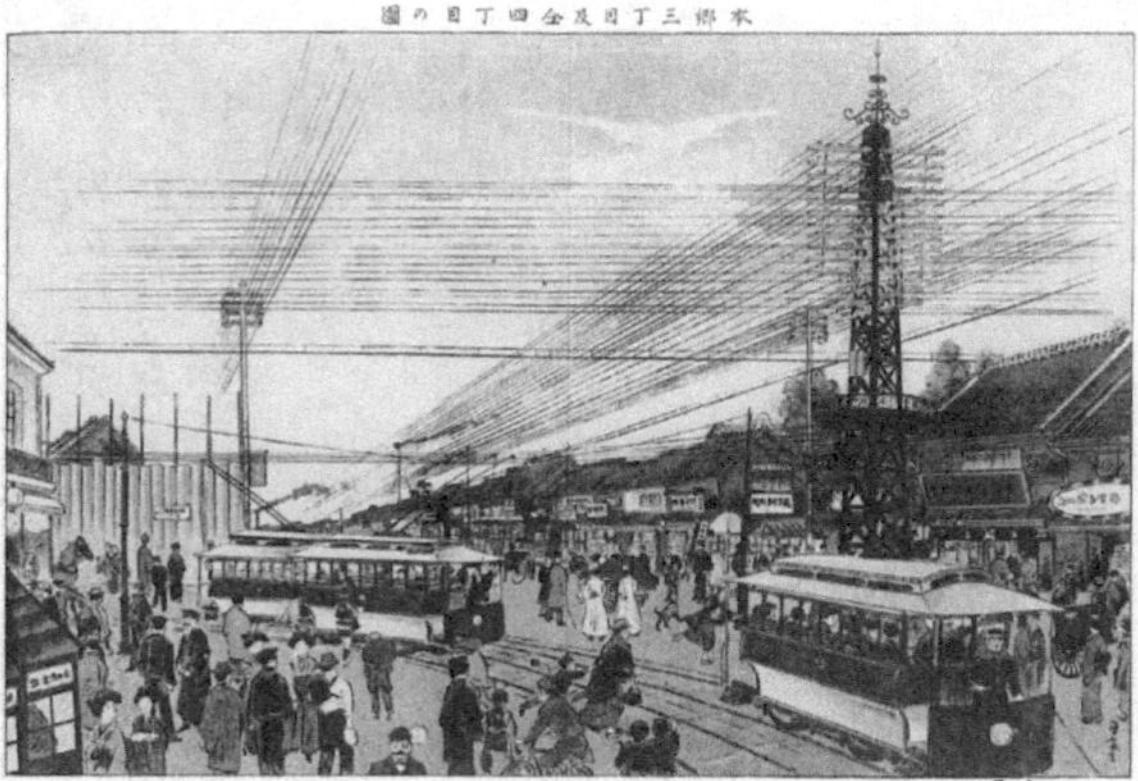

本郷薬師付近のにぎわいと当時の電車（『新撰 東京名所図会《ずえ》』）

柏家に着くと酒井は、売れっこ芸者だった蔦吉《つたきち》ことお蔦の近況を執拗に小芳に問いただす。お蔦が芸者をやめ主税といっしょに暮らしていることを、実は酒井はすでに知っており、激怒していたのだ。主税は真っ青になって許しをこい、お蔦と姉妹のように仲のいい小芳は言葉を尽くして一心にとりなすのだった。

★コラム　柳橋《やなぎばし》芸者――小芳《こよし》とお蔦《つた》

かつて外国人にとって日本文化の象徴といえばフジヤマとゲイシャに他ならなかった。富士山は別としても、芸者は彼ら外国人にとって何とも不思議で魅惑的な存在であったらしい。江戸の女芸者には三系統あった。一つは吉原遊廓《よしわらゆうかく》に発生した廓《くるわ》芸者、一つは町方に発生した町芸者、そしてもう一つは深川《ふかがわ》に発生した深川芸者である。深川芸者は江戸の粋と俠気《きょうき》を体現する存在で、大人気であった。

明治に入ると、鉄道の敷設にともなって東海道線の起点駅が置かれた新橋が発展し、新しい時代の一大歓楽街となった。政治家、官僚、財界人が集まり、俗にいう待合《まちあい》政治をくり広げたのもこの地であった。

これに対し、深川にしみこんだ江戸情緒を引きついだのが柳橋であり柳橋芸者に他ならなかったのである。柳橋は神田川《かんだがわ》が隅田川《すみだがわ》に合流するあたりにかけられた橋の名だが、その北側（現・台東《たいとう》区柳橋）に船宿や料理茶屋がひしめき、明治に入っても江戸の心意気を伝える歓楽地としてにぎわった。いかにも江戸っ子の酒井俊蔵《しゅんぞう》の好みそうな街ではないか。小芳も蔦吉《つたきち》（お蔦）もこの柳橋に生きる芸者だったのである。

◇柏家《かしわや》

訳「だめだっ！　この期《ご》に及んで、よく考えてみるもへちまもあるものか。こんなばかは、このまま帰すと、女といっしょに駆け落ちをしかねない。今すぐここで首ねっこを押さえつけてしまわなければだめなんだ。

早瀬っ！」

酒井は、いらだちをあらわに怒鳴りつけた。

「正しかろうが、まちがっていようが、かまいやしねえ。俺がむちゃくちゃでもかまわん。冷酷と言われてもいい。女が恨もうが、泣こうが、こがれ死《じに》しようが、それが何だ。

俺の命令だ。別れろ。

俺を捨てるか、女を捨てるか。

ん？

俺が言いたいことは、それだけだ。」

「どうする?」とばかりにあごを上げて天井のほうを向いたまま、酒井は主税《ちから》に背を向けてドンと座卓にひじをついた。

「……女を、捨てます。先生。」

きっぱりと、主税が言った。

ちょうど酌《しゃく》をしようとしていた小芳《こよし》の手がふるえ、銚子と主税のさかずきがカチリと音をたてた。

主税は目を閉じて、

「末長く、よろしくお願い致します。」

と言いざま、その酒をぐっと飲みほしたのである。

＊　＊

二時間ほど過ぎて主税が柏家《かしわや》の枝折戸《しおりど》から出たのは、かれこれ深夜の一時近くになっていた。そのときは小芳だけでなく、人気芸者の綱次《つなじ》ともう一人、民子という大輪の牡丹《ぼたん》のように華やかな若い子もいっしょに三人で路地の角まで送ってきた。

「二人とも、しんぼうするのよー。」

酔っぱらった大きな声を主税にかけたのは綱次である。綱次はこう叫びながら小芳と手をぎゅっと握り合っていたのだった。

ところで、この静まり返った横町の、とある軒灯籠《のきどうろう》の明かりと板塀《いたべい》の黒い陰との間に、ほおかむりをした一人の男が身をひそめていた。主税が通り過ぎると、前と後ろをきょろきょろ確かめてから、そっと姿を現したのである。そして、五、六歩先を行く主税の背後へ、そうっと近づいていく。

「あの。」

「………」

「さっきはどうも。助けてくだすって、ありがてえ。」

そう言いながらほおかむりを取ったのは……電車の中で坂田礼之進《れいのしん》と、すったのすらないのともんちゃくを起こしていた男ではない

物陰にひそむスリ
（鰭崎英朋《ひれさきえいほう》 画『婦系図 前篇』口絵）
〈朝日コレクション蔵〉

か。

原文

「成《な》らん！　此場《このば》に及《およ》んで分別《ふんべつ》も糸瓜《へちま》もあるかい。こんな馬鹿《ばか》は、助《たす》けて返《かえ》すと、婦《おんな》を連《つ》れて駈落《かけおち》を為《し》かねない。短兵急《たんぺいきゅう》に首《くび》を圧《おさ》へて叩《たた》つ斬《き》つて了《しま》ふのだ。早瀬《はやせ》。」

と苛々《いらいら》した音調《おんちょう》で、

「是《ぜ》も非《ひ》も無《な》い。さあ、たとへ俺《おれ》が無理《むり》でも構《かま》はん、無情《むじょう》でも差支《さしつか》へん、婦《おんな》が怨《うら》んでも、泣《な》いても可《い》い。憧《こが》れ死《じに》に死《し》んでも可《い》い。先生《せんせい》の命令《いいつけ》だ、切《き》れつ了《ちま》へ。俺《おれ》を棄《す》てる歟《か》、婦《おんな》を棄《す》てる歟《か》。むゝ、此《こ》の他《ほか》に言句《もんく》はないのよ。」

(何《ど》うだ。)と頤《あご》で言《い》はせて、悠然《ゆうぜん》と天井《てんじょう》を仰《あお》いで、くるりと背《せ》を見《み》せて、ドンと食卓《しょくたく》に肱《ひじ》をついた。

「婦《おんな》を棄《す》てます。先生《せんせい》。」

と判然《はつきり》云《い》つた。其処《そこ》を、酌《しやく》をした小芳《こよし》の手《て》の銚子《ちようし》と、主税《ちから》の猪口《ちよく》と相触《あいふ》れて、カチリと鳴《な》つた。

「幾久《いくひさし》く、お杯《さかずき》を。」と、ぐつと飲《の》んで目《め》を塞《ふさ》いだのである。

＊　　＊

二時《ふたとき》ばかり過《す》ぎてから、主税《ちから》が柏家《かしわや》の枝折戸《しおりど》を出《で》たのは、やがて一時《いちじ》に近《ちか》かつたらう。爾時《そのとき》は姉《ねえ》さんはじめ、綱次《つなじ》と最《も》う一人《ひとり》の其《そ》の民子《たみこ》と云《い》ふ、牡丹《ぼたん》の花《はな》のやうな若《わか》いのも、一所《いつしよ》に三人《さんにん》で路地《ろじ》の角《かど》まで。

「お互《たがい》に辛抱《しんぼう》するのよう。」と酒気《さかけ》のある派手《はで》な声《こえ》で、主税《ちから》を送《おく》つたのは綱次《つなじ》であつた、ト同時《どうじ》に渠《かれ》は姉《ねえ》さんと、手《て》を緊乎《しつかり》と取《と》り合《あ》つた。

時《とき》に、寂《ひつそ》りした横町《よこちよう》の、唯《と》ある軒灯籠《のきどうろう》の白《しろ》い明《あかり》と、板塀《いたべい》の黒《くろ》い蔭《かげ》とに挟《はさま》つて、平《ひらた》くなつて居《い》た、頬被《ほおかむり》をした▼伝坊《でんぼう》が、一人《ひとり》、後先《あとさき》を眴《みまわ》して、密《そつ》と出《で》て、五六歩《ごろつぽ》行過《ゆきす》ぎた、早瀬《はやせ》の背後《うしろ》へ、……抜足《ぬきあし》で急々《つかつか》。

「もし、」

「…………」

「先刻《さつき》ア何《ど》うも。よく助《たす》けて下《くだ》すつたねえ。」
と頰《ほお》かむりを取《と》つた顔《かお》は……礼之進《れいのしん》に捕《つか》まつた、電車《でんしや》の中《なか》の、其《そ》の半纏着《はんてんぎ》。

▼伝坊　乱暴者。一般には「伝法」と書く。

解説　この物語の前篇でのクライマックスとでも言うべき場である。酒井が一方的に、と言うより暴力的にとでも言えそうな口調で主税《ちから》とお蔦《つた》を別れさせる場面である。「俺を棄《す》てる歟《か》、婦《おんな》を棄《す》てる歟《か》」。芝居では名セリフとしてなりひびくが、すさまじく強引な迫り方だと言わざるを得ない。酒井はなぜ主税に対してこのように強圧的でいられるのであろうか。主税にしてもどうしてこの酒井の強権に反抗しないのか。反抗するどころか彼はすぐ「婦《おんな》を棄《す》てます」と酒井に誓ってしまうのだ。こんな理不尽なことが通用するはずがない。おそらく読者はこうした反発をここで抱くはずである。こうしたことを計算しつつ作者鏡花は物語を次なる段階へと進行させていくのである。主税に声をかけるスリも物語に黒い影を落としている。読者としては次の展開を期待しないではいられない。

★コラム　湯島の境内

訳

主税《ちから》　お蔦。

お蔦《つた》　…………

主税　今日限り、俺と別れるんだ。

お蔦　えっ？

主税　きっぱり別れてくれ。

お蔦　早瀬さん？

主税　…………

お蔦　あなた、冗談を言ってるんじゃ……なさそうね……

主税　しゃれや冗談でこんなことが言えるか。これが夢ならどんなにいいか……

花柳《はなやぎ》章太郎のお蔦
（昭和35年　新宿コマ劇場）〈写真提供　松竹株式会社〉

▼

〽ようやく会えた直次郎《なおじろう》。なのに涙の三千歳《みちとせ》は、悲しい顔で恨み言《ごと》。

お蔦　本気、なのね……

主税　ごめん。この通りだ。（頭を下げる。）

お蔦　別れるとか、縁を切るとか、そんなこと、芸者に向かって言うことよ。女房には、死ねとおっしゃい。蔦には枯れろと言うものですよ。

＊　＊

お蔦　（怒りを表して）ええっ。真砂町《まさごちょう》の先生が、私が死んでもかまわない、とおっしゃったの？　死ぬはずがないと思って、そんなこと言うんですね。先生は、男と女のことをもっとわかっていらっしゃると思ってた。小芳《こよし》姉さんが命がけで惚《ほ》れぬいているというのに、なんて情《じょう》のない方だろう。芸者の真心を全然わかっていらっしゃらない！　私、死ぬわ。柳橋《やなぎばし》の蔦吉《つたきち》は、早瀬主税に恋こがれて死んでみせます。

主税　おい、とんでもないぞ。おまえときたら、血相変えて、ばちあたりなことを言うな。意地で先生にたてつく気か。そんなことは俺がさせない。待てよ。落ち着いて聞けと言うのに。おまえが死んでもかまわないとおっしゃったのは先生だが、……おまえと別れる、女を捨てます、と誓ったのはこの俺だ。するなら俺をどうにかしろ。

お蔦　あなたをどうにか、って……そんな無理なことばっかり言って。私のことを本当に思ってくれているなら、先生がそうおっしゃったとき、口答えはできないまでも、どうして私の心を先生に言ってみてくださらなかったの？

主税　血を吐く思いで俺も言ったさ。小芳さんも、隣で聞いてる俺が恥ずかしいほどおまえの気持ちをとりついでくれたんだ。だけど、つべこべ言うな、俺を捨てるか、女を捨てるか、さあ、どうする、と問いつめられて、何と答えていいかわからなかった。今でも、いや未来永劫《えいごう》、俺はああ答える以外にないと思う……

お蔦　(間《ま》)……わかりました。それで、あなた、女を捨てます、って言ったのね。

主税　許してくれ。すまない。でも、先生に誓ったんだ。

お蔦　よくおっしゃいました。それでこそ男です。女房の私もうれしいわ。

早瀬さん、そうこなくては、男がすたるというものよ。
主税　それも、おまえ次第だよ。でもお蔦、わかってくれたんだね。
お蔦　わからないはずないでしょう。
主税　それじゃ、別れてくれるんだな。
お蔦　わかるにはわかりましたけど……聞けば聞くほどやっぱり私の好きになった早瀬さんなんですもの。これじゃよけい別れたくなくなるじゃありませんか。
主税　また、そんな無理を言う。
お蔦　どっちが無理を言ってると思うんですか。
主税　それじゃあ、おまえ。俺がこれほど、かんで含めて頼んでも、うんと言ってはくれないのか。
お蔦　そんなこと、ありません。
主税　それじゃ一言、さっぱりと別れると言ってくれ。
お蔦　………
主税　おい、お蔦。（あせる。）

お蔦　言いますよ。（涙にむせんで切れ切れに）ただ、別れる、縁を切る、と言ってしまう前に、夫婦のうちに、もう一度、顔を見ておきたいの。

（お蔦、主税の胸にしがみつき、二人、見つめあう。）

〽会うたびごとにやせ細る。どうせ長くはない命。その手で殺してくださいな。

お蔦　ああ、この顔を見られるのも、これで最後かもしれないのね……それじゃあ、あなた。お別れを致します。

▼〽ここで挿入歌のようにはさまれるのは清元《きよもと》「忍逢春雪解《しのびあうはるのゆきどけ》」。作詞・河竹黙阿弥《かわたけもくあみ》、作曲・二世清元梅吉《きよもとうめきち》。明治14年初演の歌舞伎「天衣紛上野初花《くもにまごううえののはつはな》」において、罪を犯し江戸を離れようとする直次郎が、なじみの遊女・三千歳《みちとせ》に別れを告げに忍んでくる場面で語られる。清元とは、三味線をひきながら語る浄瑠璃《じょうるり》の一種の清元節《きよもとぶし》。江戸後期、清元延寿太夫《きよもとえんじゅだゆう》が江戸で始めたもので、浄瑠璃のなかでは最も派手《はで》で粋。ちなみにお蔦はこの清元の名手とされている。

原文

早瀬　お蔦《つた》。

お蔦　……………

早瀬　俺《おれ》と此《これ》ツ切別《きりわか》れるんだ。

お蔦　えゝ。

早瀬　思切《おもいき》つて別《わか》れてくれ。

お蔦　早瀬《はやせ》さん。

早瀬　……………

お蔦　串戯《じようだん》ぢや、——貴方《あなた》、無《な》ささうねえ。

早瀬　洒落《しやれ》や串戯《じようだん》で、こ、こんな事《こと》が。俺《おれ》は夢《ゆめ》に成《な》れと思《おも》つて居《い》る。

〽跡《あと》には二人《ふたり》さし合《あい》も、涙拭《なみだぬぐ》うて三千歳《みちとせ》が、恨《うら》めしさうに顔《かお》を見《み》て、

お蔦　真個《ほんとう》なのねえ。

早瀬　俺《おれ》があやまる、頭《あたま》を下《さ》げるよ。

お蔦　切《き》れるの別《わか》れるのツて、そんな事《こと》は、芸者《げいしや》の時《とき》に云《い》ふものよ。……私《わたし》にや死《し》ねと云《い》つて下《くだ》さい。蔦《つた》には枯《か》れろ、とおつしやいましな。

＊　＊

お蔦　(や、気色《けしき》ばむ)まあ、死《し》んでも構《かま》はないと、あの、え、、死《し》ぬまいとお思《おも》ひなすつて、……小芳《こよし》さんの生命《いのち》を懸《か》けた、わけしりで居《い》て、水臭《みずくさ》い、芸者《げいしゃ》の真《まこと》を御存《ごぞん》じない! 私《わたし》死にます、柳橋《やなぎばし》の蔦吉《つたきち》は男《おとこ》に焦《こが》れて死《し》んで見《み》せるわ。

早瀬　これ、飛《と》んでもない、お前《まえ》は、血相変《けつそうか》へて、勿体《もつたい》ない、意地《いじ》で先生《せんせい》に楯《たて》を突《つ》く気《き》か。俺《おれ》がさせない。待《ま》て、落着《おちつ》いて聞《き》けと云《い》ふに! ——死《し》んでも構《かま》はないとおつしやつたのは、先生《せんせい》だけれど、……お前《まえ》と切《き》れる、女《おんな》を棄《す》てます、と誓《ちか》つたのは、此《こ》の俺《おれ》だが、何《ど》うするえ。

お蔦　貴方《あなた》を何《ど》うするつて、そんな無理《むり》なことばツかり、情《じょう》があるなら、実《じつ》があるなら、先生《せんせい》の然《そ》うおつしやつた時《とき》、何故《なぜ》推返《おしかえ》して出来《でき》ないまでも、私《わたし》の心《こころ》を、先生《せんせい》におつしやつて見《み》ては下《くだ》さいません。

早瀬　血《ち》を吐《は》く思《おも》ひで俺《おれ》も云《い》つた。小芳《こよし》さんも、傍《そば》で聞《き》く俺《おれ》が極《きま》りの悪《わる》いほど、お前《まえ》の心《こころ》を取次《とりつ》いでくれたけれど、——四《し》の五《ご》の云《い》ふな、一《いち》も二《に》もない——俺《おれ》を棄《す》てるか、婦《おんな》を棄《す》てるか、さあ、何《ど》うだ——と胸《むね》つきつけて言《い》はれたには、何《なん》とも返《かえ》す言葉《ことば》がなかつた。今以《いまもつ》て、いや、尽未来際《じんみらいざい》、俺《おれ》は何《なん》とも、他《ほか》に言《い》ふべき言葉《ことば》を知《し》らん。
お蔦　（間《ま》）あ、分《わか》りました。それで、あの、其《そ》の時《とき》に、お前《まえ》さん、女《おんな》を棄《す》てます、と云《い》つたんだわね。
早瀬　堪忍《かんにん》してくれ、済《す》まない、が、確《たしか》に誓《ちか》つた。
お蔦　よく、おつしやつた、男《おとこ》ですわ。女房《にようぼう》の私《わたし》も嬉《うれ》しい。早瀬《はやせ》さん、男《おとこ》は……それで立《た》ちました。
早瀬　立《た》つも立《た》たぬも、お前一《まえひと》つだ。ぢや肯分《ききわ》けてくれるんだね。
お蔦　肯分《ききわ》けないで何《ど》うしませう。
早瀬　それぢや別《わか》れてくれるんだな。
お蔦　ですけれど……矢張《やつぱ》り私《わたし》の早瀬《はやせ》さん、それだから尚《な》ほ未練《みれん》が出《で》るぢやありませんか。
早瀬　又《また》、そんな無理《むり》を言《い》ふ。
お蔦　どツちが、無理《むり》だと思《おも》ふんですよ。

早瀬　ぢやお前《まえ》、私《わたし》がこれだけ事《こと》を分《わ》けて頼《たの》むのに、肯入《ききい》れちやくれんのかい。

お蔦　否《いいえ》。

早瀬　それぢや一言《ひとこと》、清《きよ》く別《わか》れると云《い》つてくんなよ。

お蔦　…………

早瀬　え、、お蔦《つた》。（あせる。）

お蔦　いひますよ。（きれぐ〳〵に且《か》つ涙《なみだ》）別《わか》れる切《き》れると云《い》ふ前《まえ》に、夫婦《ふうふ》で、も一度《いちど》顔《かお》が見《み》たい。（胸《むね》に縋《すが》つて、顔《かお》を見合《みあわ》す。）

〽見《み》る度《たび》ごとに面痩《おもや》せて、どうせながらへ居《い》られねば、殺《ころ》して行《い》つてくださんせ。

お蔦　見納《みおさ》めかねえ――それぢや、お別《わか》れ申《もう》します。

解説　この戯曲「湯島の境内」の場面はもともと小説『婦系図』にはなかったし、今でもない。これは大正三年の明治座公演に向け鏡花が戯曲「婦系図」のために新たに書き加えたもので、雑誌「新小説」に同年十月発表された。この間《かん》の事情については、付録3「舞台・婦系図」を参照してほしい。

　確かに小説では主税《ちから》とお蔦《つた》との別れの場はない。その点では物足りないことは事実なのである。柳橋《やなぎばし》の柏家《かしわや》での酒井の激情がきわ立つだけに、読者はその対になるべき場をつい期待してしまうのだ。特に舞台を観た人にとってはその想いはより強かったはずである。何よりも酒井の「俺を棄《す》てる歟《か》、婦《おんな》を棄《す》てる歟《か》」という強烈な言葉と主税の苦悶《くもん》にみちた「婦《おんな》を棄《す》てます」というセリフが耳に残っているからである。だから、これに対抗する、主税とお蔦の情感に満ちた場を観客は待ち望んでいたのであり、鏡花はみごとにこの期待に応《こた》えてみせたといってよい。

　ただ、湯島天神が場として選ばれたことによって思わぬ季節のズレが引き起こされてしまうこととなった。小説では二人の別離は春から初夏のころと考えられるのだが、湯島天神が梅の名所であったがために、この場面は梅の咲く場となっていったのである。つけ加えて昭和十七年の東宝映画を機に発表された流行歌が白梅のイメージを決定的なものにしていった。

湯島通れば　思い出す
お蔦主税の　心意気
知るや白梅　玉垣《たまがき》に
のこる二人の　影法師

これは作詩・佐伯孝夫、作曲・清水保雄によるもので、当初は「婦系図の歌」だったのだが、昭和三十年に大映が映画化した際、映画のタイトルに合わせて「湯島の白梅」と改められた。こうして、お蔦・主税の別れの場面は白梅の咲く季節というイメージが確立したのである。

しかしそうした細部は別にして、ここでの見せ場は「別れてくれ」という主税に対するお蔦のセリフにある。「切れるの別れるのツて、そんな事は、芸者の時に云《い》ふものよ」。この言葉こそ主税の向こうにいる酒井に聴かせてやりたいではないか。「私にや死ねと云つて下さい。蔦には枯れろ、とおつしやいましな」。このセリフを聴いた観客は快哉《かいさい》を叫ぶとともに涙を流さずにはいられなかった。このお蔦の名セリフによって「湯島の境内」の場は柏家の場など無化するような勢いでこの物語を代表する場面へと幻想的に転位していったのである。

◇誰《た》が引《ひ》く袖《そで》

粗筋

妙子《たえこ》は土曜日の放課後、教頭の宮畑閑耕《みやばたかんこう》に呼ばれ、今後早瀬主税《ちから》とはつきあわないように、と注意される。その日の朝刊各紙が、主税がスリの手伝いをしたと一斉に報じたためであった。話の途中で、教頭の友人である河野英吉《こうのえいきち》が示し合わせたように入ってくるが、妙子は悔し涙にくれるばかりで見向きもしない。

過日、電車の中で、スリはその場を逃れるために坂田礼之進《れいのしん》の財布を主税に託したのだった。主税はそのことに気づかなかったのだが、責任をとって陸軍参謀《さんぼう》本部の翻訳官（ドイツ語担当）も、ドイツ語の教師の職も辞し、静岡へ行く決意を固めていた。

◇紫《むらさき》

粗筋　教頭と河野英吉《こうのえいきち》から逃れて学校から帰り、妙子《たえこ》が井戸端で硯《すずり》を洗って紫のしずくを飛ばしていると、主税《ちから》がいとまごいに現れる。父の酒井俊蔵《しゅんぞう》のもとへ向かう主税を見送った妙子は、朝、家族の目に触れないように切り抜いておいた主税の新聞記事をびりびり引き裂くのだった。

やがて酒井は、仲人《なこうど》の坂田礼之進《れいのしん》を呼び、妙子の縁談の返事は主税に一任する、と言い渡す。子供のときから酒井家で共に育ち、妙子を愛している主税こそ、妙子が最も幸せになる道を決めるにふさわしい、もし望むなら主税自身が妙子と結婚してもかまわない、というのであった。これは静岡へ旅立つ主税への酒井の餞別《せんべつ》であった。

◇はなむけ

訳
「主税《ちから》さん、行かないで。」

妙子《たえこ》の手がつかんだのは井戸端の梅の木だったが、この声は早足で行きかけた主税の足を止めた。

「………」

「どこにも行っちゃだめ。」

妙子の姿を探しているのであろう、暗闇《くらやみ》のなか、青葉のあたりで主税の帽子が動いた。

「すぐ帰ってきますから、心配いりませんよ。」

「だって、すぐって、一月《ひとつき》や二月《ふたつき》じゃないんでしょう？」

「そりゃあ、家を引き払って行くんですから、二、三年はひっこんでいるつもりです。」

「そんな、二年も三年も？　今まで私、時々日曜に遊びに行ってたでしょ。

そうやって毎月のように会っていても、待ち遠しくてしかたなかったんだもの。二年も三年も会えないなんて、私、絶対にいや。」

妙子は、玄関の戸を出るまでは一応女中の目など気にしているようだったのに、いざ主税と向かい合ってしまうと、特に人目を避けて小声で話すでもなかった。それが今度は急に声をひそめたのである。

「ねぇ、もしかして、父さんにしかられて、秘密の……奥さん、」

「えっ!?」

「あの方と別れたから、それで、悲しくて、遠くへ行っちゃうんじゃないの？　ね？　そうじゃない？」

「…………」

「もしそうならね、ちょっとがまんしていてね。母さんが、その方もかわいそうだから、折をみて父さんにとりなして一緒にしてあげるって言ってるのよ。私がお酌《しゃく》をして、たくさんお酒を飲ましてね、父さんをご機嫌にしておいて頼めば大丈夫。きっと聞き入れてくれるわよ。」

「……ば、ばちの当たりそうなことをおっしゃって。もったいなくて涙がでます。そのことはもう……。

先生に意見をされて私は目が覚めたんです。生まれ変わったつもりで心を入れかえて、これから修業に励もうと思った矢先でした。自分が悪いんです。誰も恨んじゃいません。でも、スリとどうしたの、こうしたの、という汚名をきせられては、とても人前には出られません。

先生は、あれこれ面倒だったらまた家へ来て玄関番の書生になれ、と言ってくださいますけれど、ご高名な先生の所にいては、よけい、スリ、スリ、と騒がれるばかりです。

ですから、卑怯《ひきよう》なようですが、人の噂《うわさ》も七十五日《しちじゆうごにち》という言葉を頼みの綱にして、当分いなかにひっこんでいるほうがいいと思うんです。私は東京が大好きでね、日帰り旅行でさえ、新橋や上野の停車場《ステーション》にもどってくるとうれしくてしかたないほどなんです。そんな東京ですが、しばらくは離れなければなりません。」

「私はいやよ。行っちゃいや。」

二人の言葉がとだえたとき音がした。つるべのしずくが井戸に落ちたのである。

うつむいた主税の目に、妙子の白い素足がほのかに映った。

「静岡へ行って落ち着いたら、都合がつき次第、どんなあばら家でも花だけはきれいに飾って大歓迎しますよ。夏休みには海水浴にいらっしゃい。」

＊　＊

「そんなこと、どうでもいい！　それより私、主税さんのとこへ毎日朝から行って、教頭たちに見せつけてやりたい！　来年ならできたのに。卒業しちゃえば、もうあんな学校や教頭なんか関係ないんだから！

私、悔しかった。主税さんのこと、スリの仲間だとか同類だとか言ったのよ。それで、主税さんと口をきいちゃいけない、学校の名誉にかかわる、って言うの。『いいわ、このまま早瀬さんのお家に寄って言いつけてやる！』って言ってやりたかった。でも、生活態度の成績が下がって友だちに負けるとみっともないから言えなくて……泣いちゃった。

主税さん、私ね、卒業したらその足で主税さんのお家の二階に駆けあがって、『さあ、ご覧。私もスリの仲間だって言うのかい？』って見得を切って、教頭たちをぎゃふんといわせたいの。それなのに主税さんがいなくなったら、今日の敵《かたき》がとれないじゃない。」

こう言いながら妙子は主税に身を寄せ、肩にもたれ胸にすがりついた。

「どうにかして静岡に行かなくてすむ方法はないの？」

なおもこう言う妙子の手を、主税は両手で捧げもつようにして思わず指輪に唇をおしあてた。

「お気持ちは生涯忘れません。たとえ死んでも霊魂になって……」

あなたのそばを離れません……主税のこの思いは、まるで今からもう霊魂になったかのように青葉をさらさらと鳴らしたのである。

▼お酌　妙子は友だちから「お酌さん」とからかわれたりして、ふだんは父の酒井に酌をするのを非常にいやがっている。「お酌」には一人前になる前の若い芸者という意味もある。

▼新橋　この当時の東海道線の起点駅。

原文

「厭《いや》よ、主税《ちから》さん、地方《いなか》へ行《い》っては。」

とお妙《たえ》の手《て》は、井戸端《いどばた》の梅《うめ》に縋《すが》つたが、声《こえ》は早瀬《はやせ》をせき留《と》める。

「……………」

「厭《いや》だわ、私《わたし》、地方《いなか》へなんぞ行《い》つて了《しま》つては。」

主税《ちから》は四辺《あたり》を見《み》たのであらう、闇《やみ》の青葉《あおば》に帽《ぼう》子が動《うご》いた。

「直《じ》き帰《かえ》つて来《く》るんですからね、心配《しんぱい》しないで下《くだ》さいよ。」

「だつて、直《じき》だつて、一月《ひとつき》や二月《ふたつき》で帰《かえ》つて来《き》やしないんでせう。」

「そりや、家《いえ》を畳《たた》んで参《まい》るんですもの。二三年《にさんねん》は引込《ひつこ》みます積《つも》りです。」

「厭《いや》ねえ、二三年《にさんねん》。……月《つき》に一度《いちど》ぐらゐは遊《あそ》びに行《い》つた日曜《にちよう》さへ、私《わたし》、待遠《まちどお》しかつたんだもの。そんな、二年《にねん》だの、三年《さんねん》だの、厭《いや》だわ、私《わたし》。」

お妙《たえ》は格子《こうし》戸《ど》を出《で》るまでは、仔細《しさい》らしく人目《ひとめ》を忍《しの》んだやうだけれども、恁《こ》うなると敢《あえ》て人聞《ひとぎ》きを憚《はばか》る如《ごと》き、低《ひく》い声《こえ》では無《な》かつたのが、爰《ここ》で急《きゅう》に密《ひっそ》りして、

「あの、貴下《あなた》、父様《とうさん》に叱《しか》られて、内証《ないしょ》の……奥《おく》さん、」

「えゝ！」

「其方《そのかた》と別《わか》れたから、それで悲《かなし》くなつて地方《いなか》へ行《い》つて了《しま》ふのぢやないの、えゝ、ぢ

やなくつて？」

「…………」

「其《それ》ならねえ、辛抱《しんぼう》なさいよ。母様《かあさん》が、其《そ》の方《かた》もお可哀相《かわいそう》だから、可《い》い折《おり》に、父様《とうさん》に然《そ》う云《い》つて、一所《いつしよ》にして上《あ》げるつて云《い》つてるんですよ。私《わたし》がね、(お酌《しやく》さん。)をして、沢山《たくさん》お酒《さけ》を飲《の》まして、然《そ》うして、其時《そのとき》に頼《たの》めば可《い》いのよ、父様《とうさん》が肯《き》いて呉《く》れますよ。」

「……罰《ばち》、罰《ばち》の当《あた》つた事《こと》をおつしやる！　私《わたし》は涙《なみだ》が溢《こぼ》れます、勿体《もつたい》ない。そりや最《も》う、先生《せんせい》の御意見《ごいけん》で夢《ゆめ》が覚《さめ》ましたから、生《うま》れ代《かわ》りましたやうに、魂《たましい》を入替《いれか》へて、是《これ》から修行《しゆぎよう》と思《おも》ひましたに、人《ひと》は怨《うら》みません。自分《じぶん》の越度《おちど》だけれど、掏摸《すり》と、何《ど》うしたの、恁《こ》うしたの、と云《い》ふ汚名《おめい》を被《き》ては、人中《ひとなか》へは出《で》られません。先生《せんせい》は、彼是《かれこ》れ面倒《めんどう》だつたら、又玄関《またげんかん》へ来《き》て居《お》れ、置《お》いて遣《や》らう、とおつしやつて下《くだ》さいますけれども、先生《せんせい》のお手許《てもと》に居《い》ては、尚《な》ほ掏摸《すり》の名《な》が世間《せけん》に騒《さわが》しくなるばかりです。

卑怯《ひきよう》なやうですけれど、其《それ》よりは当分《とうぶん》地方《いなか》へ引込《ひつこ》んで、人《ひと》の噂《うわさ》も七十五日《しちじゆうごにち》と云《い》ふ私《わたし》は、万全《ばんぜん》の策《さく》だ、と思《おも》ひますから、頼《たの》みにします方《ほう》が、果敢《はか》ないながら、のを、一日旅行《いちにちりよこう》してさへ、新橋《しんばし》、上野《うえの》の停車場《ステイシヨン》に着《つ》くと拝《おが》みたいほど嬉《うれ》しくなります、そんな懐《なつかし》い東京《とうきよう》ですが、しばらく分《わか》れねばなりません。」

「厭《いや》だわ、私《わたし》、厭《いや》、行《い》つちや。」

言《ことば》が途絶《とだ》えると、音《おと》がした、釣瓶《つるべ》の雫《しずく》が落《お》ちたのである。

差俯向《さしうつむ》くと、仄《ほの》かにお妙《たえ》の足《あし》が白《しろ》い。

「静岡《しずおか》へ参《まい》つて落着《おちつ》いて、都合《つごう》が出来《でき》ますと、どんな茅屋《あばらや》の軒《のき》へでも、其《そ》れこそ花《はな》だけは綺麗《きれい》に飾《かざ》つて、歓迎《ウエルカム》をしますから、貴娘《あなた》、暑中休暇《しよちゆうきゆうか》には、海水浴《かいすいよく》に入《いら》しつて下《くだ》さい。

＊　＊

「厭《いや》だわ、そんな事《こと》よりか、私《わたし》、来年卒業《らいねんそつぎよう》すると、最《も》うあんな学校《がつこう》や教頭《きようとう》なんか用《よう》は無《な》いんだから、然《そ》うすると、主税《ちから》さんの許《とこ》へ、毎日朝《まいにちあさ》から行《い》つて、教頭《きようとう》なんかに見《み》せつけて遣《や》るのにねえ。口惜《くや》しいわ、攫徒《すり》の仲間《なかま》だの、巾着切《きんちやくきり》の同類《どうるい》だのつて、貴郎《あなた》の事《こと》を然《そ》う云《い》ふのよ。而《そ》して、口《くち》を利《き》いちや不可《いけな》いつて、学校《がつこう》の名誉《めいよ》に障《さわ》るつて云《い》ふのよ。可《よ》うござんす、帰途《かえり》に直《す》ぐに、早瀬《はやせ》さんへ行《い》つていツつけて遣《や》るつて、言《い》はうかと思《おも》つたけれど、行状点《ぎようじようてん》を減《ひ》かれるから。然《そ》うすると、お友達《ともだち》に負《まけ》るから、見《み》つともないから、黙《だま》つて居《い》たけれど、私《わたし》、泣《な》いたの。主税《ちから》さん。卒業《そつぎよう》したら、其《その》日《ひ》から、（私《わたし》も掏摸《すり》かい、見《み》て頂戴《ちようだい》。）と、貴下《あなた》の二階《にかい》に居《い》て讐《かたき》を取《と》つて遣《やり》たかつたに、残念《ざんねん》だわねえ。」

と擦寄《すりよ》つて、

「地方《いなか》へ行《ゆ》かない工夫《くふう》はないの？」と忘《わす》れたやうに、肩《かた》に凭《もた》れて、胸《むね》へ縋《すが》つたお妙《たえ》の手《て》を、上《うえ》へ頂《いただ》くが如《ごと》くに取《と》つて、主税《ちから》は思《おも》はず、唇《くちびる》を指環《ゆびわ》に接《つ》けた。

「忘《わす》れません。私《わたし》は死《し》んでも鬼《おに》に成《な》つて。」

君《きみ》の影身《かげみ》に附添《つきそ》はん、と青葉《あおば》をさら〳〵と鳴《な》らしたのである。

解説　この主税《ちから》と妙子《たえこ》の別れの場に接すると、読者は妙子がいかに主税を愛しているかをつくづく感知せざるを得ない。主税は隠しているつもりだったが、彼女は主税にはお蔦《つた》という女房がいることをとうに知っていたし、二人が再び一緒

になれるように父を説得するつもりでいる。しかし、そうした現実とは別に、彼女は主税を全身的に愛している。それは学校を卒業したら主税の家の二階から「私も掏摸《すり》かい、見て頂戴《ちょうだい》」と見得をきってやると言ってのけるシーンにきわやかに示されている。この幻想のシーンで妙子は完全にお蔦になり替わっているではないか。この後彼女は主税の胸にすがりつき初めて激情をあらわにするのである。この妙子の激しさに主税は必死に自らを抑制し、彼女の指輪に唇を押しあてるのだ。そして、死んでも霊魂となって彼女を守り切る決意をするのである。『婦系図』はこのようにお蔦と主税をめぐる物語であるだけでなく、妙子と主税の物語でもあると言えよう。

★コラム　筒井筒《つついづつ》の仲

この物語の作者泉鏡花は一歳上の女性作家樋口一葉《ひぐちいちよう》を敬愛していた。それは彼女が東京生まれの東京育ちであったためらしく、彼女を粋でお俠《きゃん》な江戸の下町娘のイメージでとらえていたようだ。

その一葉は鏡花より一足先に「闇桜《やみざくら》」（明治25年）でデビューしている。三年ほど後に「たけくらべ」や「にごりえ」といった近代文学が誇る作品を生み出す作家が書いたとは思えないような作品だが、幼なじみの男女の悲恋を描いたもので、その原イメージは『伊勢物語』第二十三段に求められる。井戸の周囲で幼少の頃からともに遊び成長した男女の仲を筒井筒の仲と呼ぶようになったのは、この段の次のような贈答歌による。

筒井筒井筒にかけしまろがたけ過ぎにけらしな妹《いも》見ざるまに
（井戸を囲う井筒の高さを目標にしていた僕の背は、あなたと会わないうちに井筒を越したにちがいない。僕はもう大人です）
くらべこしふりわけ髪《がみ》も肩すぎぬ君ならずしてたれかあぐべき
（あなたと長さを比べていた私の髪も肩が隠れるほどに伸びました。大人になったしるしの髪上げの儀式はあなたのためにするつもりです）

こうした贈答歌が求愛と応諾を示しているのだから古代人の恋の感度は実に鋭敏だったと言わざるを得ないが、それはともかくとして、鏡花もこの『婦系図』の中で筒井筒の仲を援用している。酒井俊蔵《しゅんぞう》の娘妙子《たえこ》と早瀬主税《ちから》の関係がこの筒井筒の仲にあたるのである。主税は少年期に酒井家に引きとられ養育されてきたらしい。妙子とは幼なじみの関係なのだ。この「はなむけ」の章で二人が語りあう場面も、まさしく井戸端ではないか。こうした筒井筒の仲の妙子への主税の想いが後篇のドラマを生んでいくのだと言ってよい。妙子にしてもお蔦《つた》の存在を知りつつも主税への慕情をかくそうとはしないのであり、『伊勢物語』二十三段の後半部と共鳴しているようにも感じられてくる。

鏡花がこの筒井筒の仲をここで取り入れたのは案外一葉の「闇桜」や「たけくらべ」にヒントを得たからではなかったろうか。そう想像してしまうほど鏡花は一葉を生涯にわたって意識し続けたのである。

◇巣立《すだち》の鷹《たか》

粗筋　酒井俊蔵《しゅんぞう》夫妻と妙子《たえこ》に別れのあいさつに行ったその日のうちに、主税《ちから》は東京を発《た》つべく新橋停車場《ステーション》に向かった。駅の待合室では魚屋・め組《ぐみ》が主税を待ちかまえていた。主税は、お蔦《つた》には何もさせず、引越をめ組や女中のお源《げん》に任せたのだった。最終列車に乗り込んだ主税は、河野《こうの》の母・富子《とみこ》が以前情を交わした馬丁《べっとう》・貞造《ていぞう》の行方《ゆくえ》を探してくれと、め組にくれぐれも頼みおく。
汽車には、思いもよらないことに、お蔦が乗っていた。

★コラム　女中《おんな》たちはどこから？
この物語のオープニングで圧倒的な存在感を示すのが魚屋のめ組《ぐみ》だが、その相手をつとめる女中《じょちゅう》のお源《げん》もなかなかのものだ。それにしても、二十七、八歳の主税《ちから》の家に女中さんがいるのは現代からみると不思議な感がする。

しかし、わずか百年ほど前でしかない明治という時代は現代からは考えられないほどのすさまじい格差社会であった。河野《こうの》家のような上流階層はほんの一にぎりで、その下に位置する酒井家のような中流階層もそれほど多くはなかった。その下に膨大な下層社会が拡《ひろ》がっていたのである。下層社会では養うべき家族の人数を減らす口減《くちべ》らしの意味もあって子供たちは小学校を終えるとすぐに働きに出なければならなかった。そうした女の子の働き口の一つが女中であったのだ。そしてその奉公先が上流階層や中流階層の家々であった。だから明治や大正あるいは昭和（特に戦前）の文学を読んでいて女中さんが登場したら、その家は上流か中流の階層だと判断して間違いはない。その点で主税の新世帯も立派な中流家庭なのである。

　こうした形の格差が消えたのは太平洋戦争後の高度成長期以降のことであった。かつての下流社会が底上げされ、中流社会化していったのである。こうして女中さんは姿を消したのである。

婦系図　後篇

◇貴婦人

粗筋　新橋停車場《ステーション》を発《た》った翌日、静岡に向かう早瀬主税《ちから》は、神戸行き急行列車の食堂車で外国人客と来年の日蝕《にっしょく》の話などしていた。そこで主税は、河野英吉《こうのえいきち》の妹・島山《しまやま》菅子《すがこ》と知り合う。彼女は四歳の息子と失明寸前の六歳の娘を連れていた。
美人ぞろいの姉妹のなかでも最も華やかで社交的な菅子は、河野一族の繁栄を象徴する存在といってもよかった。そんな彼女が初対面の主税に並々ならぬ好意を示すのであった。

★コラム　駅弁と食堂車

早瀬主税《ちから》が河野《こうの》英吉《えいきち》の妹・島山菅《すが》子《こ》と出会ったのは神戸行き急行列車の食堂車だった。東海道線に食堂車が登場したのは明治三十四年の暮れだが、急勾配《こうばい》の地域も含め全区間で連結されるようになったのは明治三十六年のことである。当時まだ珍しかった食堂車を運営していたのは精養軒で洋食専門であり、高額だったというだけでなく、菅子のようにナイフとフォークを使いこなせる人でなければ、しきいが高かったに違いない。菅子が食べているのはチキンカツレツかチキンシチューとみられ

○列車食堂ハ此ノ列車ノ中央ニアリ近時大改良ヲ行フ料理特別入念勉強仕候間何卒多少ニ不拘續々御来賓ノ程願上候

○列車食堂ノ特長

設備整頓、飲食物新鮮、

調理迅速、親切叮嚀、

酒類

ビール大……	金廿九銭
仝　小……	金十七銭
黒ビール大……	金三十二銭
仝　小……	金廿一銭
正宗二合入……	金廿銭
シャンパン大……	金五圓
仝　小……	金二圓七十銭
白葡萄酒……	金二圓二十銭
赤葡萄酒大……	金一圓
仝　小……	金五十五銭
白ロウイスキー一杯	金二十五銭
十番ウイスキー一杯	金二十銭
ブランデー……一杯	金二十銭
ペパーメント一杯	金二十銭
ポートワイン一杯	金二十銭
ベルモット……一杯	金十五銭
スタウト……	金三十五銭
平野水……	金十五銭
サイダー……	金十五銭
ラムネ……	金十二銭
ヂンヂャエル……	金十二銭

煙草類

ペルフエクトス(葉巻)	金廿六銭
アルデア……(同)	金十九銭
エンチャンテレス(紙巻)	三十銭
オリエント……(同)	金十五銭
敷島……(同)	金十銭

献立

朝食(二皿　付珈琲麺麭)	金五十銭
晝食(スープ外三皿　果物　付珈琲菓子麺麭)	金八十銭
夕食(スープ外四皿　果物　付珈琲菓子麺麭)	金壹圓
スープ……	金十五銭
フライフキシュ……	金十五銭
ハムエッグス……	金廿銭
ポイコエッグス……	金十五銭
サムレツ……	金十五銭
ビフテキ……	金廿銭
ビーフカツレツ……	金十五銭
コロツケー……	金十五銭
カレーライス……	金十五銭
チキンカツレツ……	金廿銭
チキンシチウ……	金廿銭
タンシチウ……	金十五銭
ローストビーフ……	金廿銭
ハムサラド……	金廿銭
野菜……	金十銭
リソタイリン……	金十五銭
サンドウヰチ……	金廿銭
チヨコレクト……	金十銭
チーズ……	金十銭
パン……	金五銭
ジャム……	金五銭
コーヒー……	金五銭
紅茶……	金五銭
ケーキ菓類……	金五銭
果物……	金　銭

尚ホ一兩日前豫メ下ノ處ヘ御仰付被下候ハゞ御好ミニ依リ多少ヲ不厭特別御料理調進可仕候

東京市京橋區釆女町三十三番地
東店　精養軒
電話新橋六四二　新橋四九五七

神戸市相生町二丁目八十七番地
精養軒出張食堂車事務所
使用電話一三三二

当時の食堂車のメニュー

（三宅俊彦『復刻版 明治大正時刻表』新人物往来社）

るが、下に掲げたようにメニューにはオムレツ、ビフテキ、コロッケなど現在の洋食屋でもおなじみの料理がずらりと並んでいた。

ところで、汽車の旅の食事の楽しみには駅弁もある。駅弁、汽車弁といえば、河野英吉が、静岡の弁当は東海道一だ、とふるさと自慢をしていたのだが、実際これは自慢するだけのことがあったようだ。『婦系図』の発表された前年、明治三十九年の東京朝日新聞に「汽車の弁当評」という記事が載っている。あちこちの弁当が酷評されるなか、さすが「静岡は東の大関」と別格扱いで、以前から評判が高かったことがわかる。ご飯も品質がよく、おかずも大変結構だという。この静岡のおいしい弁当を作っていたのは、現在も静岡で駅弁を製造販売している東海軒の前身とみられる。かの清水次郎長《しみずのじろちょう》親分に頼まれて、鉄道敷設の工事に携わる人々におにぎりを振るまい、それがきっかけで弁当屋を始めたという、東海道線とはゆかりの深い店である。この当時すでに鯛《たい》めしも大人気だったようだが、新聞記事の言う弁当は一体どのようなものだったのだろうか。もう少しおかずを詳しく書いておいてほしかったものである。

◇草深辺《くさぶかあたり》

粗筋　静岡に着いた翌日、主税《ちから》はさっそく草深町《くさぶかちょう》の菅子《すがこ》の家に招かれる。夫の島山理学士は出張中であり、子供たちは河野《こうの》家に遊びに行っていた。

塀の外にねむの花の咲く邸で、菅子は主税を待ちかねていた。彼女は、主税の前で着替えをしたり、なれなれしく主税の髪をとかしたりするのだった。

午後から二人は主税の家探しをかねて出掛け、静岡浅間《せんげん》神社の茶

明治時代の静岡浅間神社
（徳川慶喜《よしのぶ》撮影　茨城県立歴史館蔵）

店で一休みする。そこに入ってきた落魄《らくはく》した様子の初老の男は、結核に冒されているらしく咳こんでいた。菅子はその男を避けるばかりだったが、主税は「貞《てい》さん」と呼ばれている彼に鋭く注意を向けるのだった。

★コラム　早瀬《はやせ》主税《ちから》と間貫一《はざまかんいち》

主税は静岡に着き、当時実在した駅前の旅館・大東館《だいとうかん》に一泊している。そして翌朝、人力車を走らせ、菅子《すがこ》の家にむかうのだが、その主税の姿を垣間見《かいまみ》た町の女性たちは、当地で上演されることになっている『金色夜叉《こんじきやしゃ》』の間貫一役の役者に違いないと騒ぎ立てる。言うまでもなく『金色夜叉』は泉鏡花の師にあたる尾《お》崎紅葉《ざきこうよう》の大ヒット作であり、間貫一はその主人公として相手役の鴫沢宮《しぎさわみや》とともに知らない人がいないほどの人気だった。そしてその貫一はエキゾティックな風貌《ふうぼう》の持ち主として描かれており、美男俳優が演じることが多かったのだから、主税も貫一張りの魅力的な男性であったとみてよい。事実主税は、細面《ほそおもて》で色は浅黒く鼻筋が通り、眉《まゆ》と眉の間が少し狭めで、心の内をすべて見通してしまいそうな鋭いまなざしが印象的だというのだから、かなりきりっとした男ぶりのようなのだ。菅子が出会ったばかりの主税に魅了されたのも一つには彼の美貌ゆえであったに相違ない。主税はこの自らの美しさをもって河野《こうの》家の女性たちに近づいていくことになるのだが、その点が貫一とは大きく異なっている。貫一は倫理的でストイックなタイプである。これに対し主税の以降の行動は己の性的魅力をフルに発揮する色悪《いろあく》的な色彩が濃厚である。前篇とはガラリとかわった後篇のおもしろさはこうした点にも求められるのではないか。

◇二人連《ふたりづれ》

訳　菅子《すがこ》はふと立ち止まり、一軒のあばら家を眺めた。陰気な裏町のなかでも特にひどい家であった。菅子は何を思ったか主税《ちから》と入れ違うようにして引き返し、日傘をたたむと、髪が古びたのれんに触るのも気にせぬ様子で染物屋の店先にいきなり首をさし入れた。

「ごめんください。お隣の家を借りたいのですが。」

「ええ？　何ですと？」

と、びっくりしている女の声がする。

「お家賃はどの位でしょうか？」

「ああ、貞造《ていぞう》さんの家のことかね。」

このあまりにも思いがけない菅子のふるまいに、あっけにとられていた主税は「貞造」という名を聞くやいなや、きっとなった。

「隣は空家ではございませんよ。」

「あら、そう。空家じゃないの。ごめんなさい。」

菅子は肩にかかっていたのれんをはずして、

「大失敗。」

と照れ笑いしながら主税のほうを向いた。

「早瀬さん。」

「…………」

「人のことを貴族的だの何だのって言うんですもの。いざとなれば私だってこの位のことしてあげられるのよ。この家じゃ、いくら庶民的だとおっしゃるあなただって、借りたいと思っても聞く勇気がないでしょう？　ちょっと。これでもあなたのお家のお世話は私にはできないと言うつもり？」

さすがにこれは普段の彼女では考えられない思い切った行動だったとみえて、菅子は目の縁を赤く染め胸で息をはずませていた。その燃えるような顔をじっと見ていた主税はようやく口を開いた。

「驚きました。」

「でしょう？　ああ、これで胸がすっとしたわ。」

菅子はうれしそうにこう言って勝ち誇ったような顔をしたが、行きがけにそのあばら家を改めて見ながらつぶやいた。

「でも本当に恥ずかしかった。」

「何と言っていいか……すみません。お礼をしなければいけませんが、とりあえず、これを。」

主税は、さっき菅子が怒って投げつけたすみれ色のハンカチをさしだした。菅子は黙ってうなずいたが、受け取るでもなく取らぬでもなく歩きだす。二人は肩を並べ、袖《そで》と袖がすれあった。主税は、菅子がしっかりハンカチを握らないので手を離すわけにもいかず、かといって、手をかけているものをもう一度ひっこめるわけにもいかず、……そうしているうち、ハンカチ越しに手と手が触れそうになる。二人ははっと左右を見た。すると……見ている、見ている、両側の家という家のみすぼらしい軒先から、お札《ふだ》に描かれた白黒まだらの口の裂けた犬たちが。

原文　フト立留《たちど》まつて、此《こ》の茅家《あばらや》を視《なが》めた夫人《ふじん》が、何《なん》と思《おも》つたか、主税《ちから》と入違《いれちが》ひに小戻《こもど》りして、洋傘《ひがさ》を袖《そで》の下《した》へ横《よこた》へると、惜《おし》げもなく、髪《かみ》で、件《くだん》の暖簾《のれん》を分《わ》けて、隣《となり》の紺屋《こんや》の店前《みせさき》へ顔《かお》を入《い》れた。

「御免《ごめん》なさいよ、御隣家《おとなり》の屋《いえ》を借《か》りたいんですが、」

「何《なん》でございますと、」

と、頓興《とんきよう》な女房《にようぼう》の声《こえ》がする。

「家賃《やちん》は幾干《いくら》でせうか。」

「あゝ、貞造《ていぞう》さんの家《うち》の事《こと》かね。」

余《あま》り思切《おもいき》つた夫人《ふじん》の挙動《ふるまい》に、呆気《あつけ》に取《と》られて茫然《ぼうぜん》とした主税《ちから》は、（貞造《ていぞう》。）の名《な》に鋭《するど》く耳《みみ》をそばだてた。

「空家《あきや》ではございませぬが。」

「然《そ》う、空家《あきや》ぢやないの、失礼《しつれい》。」

と肩《かた》の暖簾《のれん》をはづして出《で》たが、

「大照《おおて》れ、大照《おおて》れ、」

と言《い》つて、莞爾《にっこり》して、

「早瀬《はやせ》さん、」

「…………」

「人《ひと》のことを、貴族的《きぞくてき》だなんのつて、いざ、と成《な》りや私《わたし》だつて、此《こ》のくらゐな事《こと》はして上《あ》げるわ。此《こ》の家《うち》ぢや、貴下《あなた》だつて、借《か》りたいと言《い》つて聞《き》かれないでせう。一寸《ちよいと》、これでも家《いえ》の世話《せわ》が私《わたし》にや出来《でき》なくつて？」

さすがに夫人《ふじん》も是《これ》は離《はな》れ業《わざ》であつたと見《み》え、目《め》のふちが颯《さつ》と成《な》つて、胸《むね》で呼吸《いき》をはずませる。

其《そ》の燃《も》ゆるやうな顔《かお》を凝《じつ》と見《み》て、やゝあつて、

「驚《おどろ》きました。」

「驚《おどろ》いたでせう、可《い》い気味《きみ》、」

と嬉《うれ》しさうに、勝誇《かちほこ》つた色《いろ》が見《み》えたが、歩行《ある》き出《だ》さうとして、其《そ》の茅家《あばらや》を最《も》う一目《ひとめ》。

「しかし極《きまり》が悪《わる》かつてよ。」

「何《なん》とも申《もう》しやうはありません。当座《とうざ》の御礼《おれい》のしるし迄《まで》に……」と先刻《さつき》拾《ひろ》つて置《お》いた菫色《すみれいろ》の手巾《ハンケチ》を出《だ》すと、黙《だま》つて頷《うなず》いたばかりで、取《と》るやうな、取《と》らぬやうな、歩行《ある》きながら肩《かた》が並《なら》ぶ。袖《そで》が擦合《すれお》うたまゝ、夫人《ふじん》が未《ま》だ取《と》られぬのを、離《はな》すと落《お》ちるし、然《そ》うかと云《い》つて、手《て》はかけて居《い》るから……引込《ひつこ》めもならず……提《さ》げて居《い》ると……手巾《ハンケチ》が隔《へだ》てに成《な》つた袖《そで》が触《ふ》れさうだつたので、二人《ふたり》が斉《ひと》しく左右《さゆう》を見《み》た。両側《りようがわ》の伏《ふせ》屋《や》の、あゝ、何《ど》の軒《のき》にも怪《あや》しいお札《ふだ》の狗《いぬ》が……

解説　「二人連《ふたりづれ》」という章題通り、早瀬主税《ちから》と島山菅子《すがこ》の親密な道行きの場が展開されていく。静岡の案内をかねつつ主税の家を探すのが目的だが、二人のこの道行きはしだいにエロティックな色彩につつまれ、性的迷宮をさまようような雰囲気が生まれている。前篇とは一変して、妖《あや》しくおどろおどろしい気配が満ち満ちてくるようですらある。

つけ加えて、二人の休む茶店に、おちぶれはて肺結核を病む貞造《ていぞう》が現れたり、菅子が主税のために借りようとしたあばら家が貞造の家であったというような偶然が重なり、怪しさは加速する。ご都合主義だという批判も成り立つが、それを

払拭《ふっしょく》してやまないのが萱子と主税の間に急激に燃えあがる情熱の炎に他ならない。もとより許されない不倫の恋である以上、二人は他者の眼を気にしないではいられない。その二人をにらみすえるのは家々の入口の上に貼《は》られたお札の犬の絵である。はたしてこの二人の行く末はどうなるのか。

★コラム　静岡・山犬の土俗

早瀬主税《ちから》は静岡到着の翌日、汽車の中で親しくなった島山夫人・萱子《すがこ》に案内され、貸し家を探して市内外を歩きまわるのだが、安東村《あんどうむら》を歩いている時、どの家の門口の上にもお札が貼ってあるのに気付く。そのお札には「春埜山《はるのさん》」の文字とともに前脚を立てた山犬の絵が描かれている。これはいったいどういうお札なのだろうか。

幕末にコレラが大流行し、日本中が震撼《しんかん》したことがあった。当時は感染の三日後には病死したことから「三日ころり」と呼ばれ、日本人はみな恐怖におののいた。この伝染源は、安政五（一八五八）年に長崎に入港した米艦ミシシッピー号の船員であったといわれているが、当時の民衆はアメリカ狐がもたらしたものと考えた。それは日本古来の管狐《くだぎつね》（管の中に入るほど小さな狐で、人間の体内に入り病《やまい》を発生させる）と結びつけた発想であり、アメリカ狐が日本人の体内に入り発病させたと考えたのだった。

これを克服するためには狐の天敵である狼すなわち山犬の力が必要だと信じられていた。この山犬信仰で名高いのが静岡では春埜山の大光寺《たいこうじ》だったのである。だからこれ以降コレラが流行するたびに静岡の人々は春埜山のお札を貼り、アメリカ狐を追い払おうとしたのだ。

ただ、主税と菅子の道行きを家々の軒先からにらみつける山犬の姿は、これとは別の意味を感じさせる。二人は東海道線の車中で出会って二日目でしかない。にもかかわらず、貸し家を求めてさまよう二人はあたかも性の迷宮をめぐっているような雰囲気をかもし出している。こうした二人の不倫の道行きを厳しく監視しているのが、静岡を守護する山犬たちであるように感じられてならない。

春埜山の山犬のお札
（春野町教育委員会・近畿大学文芸学部編『春野町 春埜山周辺の民俗』）

◇貸小袖《かしこそで》

粗筋　数日後、主税《ちから》は菅子《すがこ》にせがまれて島山邸に泊まることになり、聞かれるままにお蔦《つた》のことを語る。

お蔦は、魚屋・め組《ぐみ》の家に住み込むこととなった。髪結いをしているめ組の女房・お増《ます》に弟子入りしたのである。

主税が東京を発《た》った晩、お蔦が同じ列車に乗っていたのは、め組のはからいであった。列車は最終の横浜止まりだったので、一泊して翌朝別れた。主税は、そのあと乗り込んだ急行列車で菅子と出会ったのである。

菅子の浴衣を寝まきがわりに借りて床についた主税はなかなか寝つけなかった。

◇うつらうつら

訳　何ともいえない一種微妙な香りが漂い、うっとりするような、それでいて強い刺激に眠れぬ主税《ちから》が目を開けると、ふすまの中程に、よほど色が薄らいで白っぽくなってはいるものの、花々の残像がありありと見えた。それはさっき菅子《すがこ》がふすまを開けて「おやすみなさい」を言ったときに見えた長襦袢《ながじゆばん》の肩のあたりの模様の花なのであった。

むっくり起きあがった主税は、ちょうどその花の下のふすまの合わせめのところに何か落ちているのに気がついた。行灯《あんどん》の影かとも思ったが、そうではない。あのすみれ色のハンカチが、ひっそりと薄紫に畳を染めているのであった。さてはこのハンカチの香りだったか、とわかってしまうと、薄緑色の畳の原にひとむらのすみれが咲いているように思えてくる。やがて、それに誘われたかのように、ふすまの幻の花々のなかでとりわけ目立っていた大きな花びらが、ひらひらと動きだしたかと思うと、たちどころに蝶《ちょう》の羽と化

した。そしてそれと二重うつしに黒い瞳《ひとみ》の女の顔もちらちらする。▼

主税は、さっきまでとは逆向きに、足のほうに枕を持ってきて、かいまきの上に腹ばいになり、頬づえをついてそのすみれをうっとりと眺めた。甘い、いいにおいのする暖かな春の野に横たわってうとうとしているような気分である。そうしているうち、ふすまの上で飛んでいる蝶と同じように花の香りに誘われたか、主税はおもむろにすみれ色のハンカチに手を伸ばした。

だが、つかむにはつかんだが、ハンカチはふすまの合わせめから離れない。すみれだけあって根が生えているとでもいうのだろうか。

不思議に思った主税は、ハンカチを蝶々のように手で上下に動かしてみた。すると、ほんの少し、ふすまが、開……い……た。

見ると、ハンカチの端に、紅《くれない》のひもが結ばれている。それが菅子のいる部屋に、するすると伸びているではないか。

＊　＊

二人の間を隔てていたふすまが、さらに開いた。紅のひも、すなわち絞りのしごき帯は、すみれ色のハンカチといっしょに主税の手首に巻きついていたが、みるみるうちに燃えるような赤いからだに金色のうろこを立てた蛇となった。そして、主税の手にからんでいるのが尾とするならば、その頭は、菅子の胴をいくめぐりもして胸にかみついていたのである。

主税の目から、ふすまに浮かんでいた幻の花々が消えた。かわりにとらえたのは、むこう向きになって横たわっている菅子の黒髪と、かいまきから出ている肩先である。菅子の枕元の行灯の明かりも、主税の部屋の明かりも、もはや二人の理性を呼びもどすことはできないようであった。

身を震わせて布団から出た菅子は、胸を押さえて、じっと一点を見据えたような目で部屋のなかを見回し始めた。心乱れて長襦袢のすそをひきずるさまは、すみれ咲く春の野をさまよう夢からまだ覚めやらぬようであった。しかし、自らの思いをこめた紅のしごき帯が妖《あや》しい蛇と化して自分にまとわりついていることにようやく心着くや、ああ、とうなされたような声をもらしたのである。そして蝶がすみれに吸いよせられるように、黒目がちの美しい顔が、ハンカチを持つ主税の上にくずれおちていった。

▼かいまき　掛け布団として用いる、薄く綿を入れた着物の形の寝具。

原文

快《こころよ》い、然《さ》りながら、強《つよ》い刺戟《しげき》を感《かん》じて、早瀬《はやせ》が寝《ね》られぬ目《め》を開《あ》けると、先刻《さつき》（お休《やす》みなさい。）を云《い》つた時《とき》、萱子《すがこ》が其処《そこ》へ長襦袢《ながじゆばん》の模様《もよう》を残《のこ》した、襖《ふすま》の中《ちゆう》途《と》の、人《ひと》の丈《たけ》の肩《かた》あたりに、幻《まぼろし》の花環《はなわ》は、色《いろ》が薄《うす》らいで、花《はな》も白澄《しろず》んだけれども、未《ま》だ歴々《ありあり》と瞳《ひとみ》に映《うつ》る。

枕《まくら》に手《て》を支《つ》き、むつくり起《お》きると、恰《あたか》も其《そ》の花環《はなわ》の下《した》、襖《ふすま》の合《あわ》せ目《め》の処《ところ》に、残灯《ありあけ》の隈《くま》かと見《み》えて、薄紫《うすむらさき》に畳《たたみ》を染《そ》めて、例《れい》の菫色《すみれいろ》の手巾《ハンケチ》が、寂然《せきぜん》として落《お》ちたのに心《こころ》着《づ》いた。

薫《かおり》は扨《さて》は其《それ》からと、見《み》る〳〵、心《こころ》ゆくばかりに思《おも》ふと、萌黄《もえぎ》に敷《し》いた畳《たたみ》の上《うえ》に、一簇《ひとむれ》の菫《すみれ》が咲競《さききそ》つたやうに成《な》つて、朦朧《もうろう》とした花環《はなわ》の中《なか》に、就中輪《なかんずくりん》の大《おお》きい、目《め》に立《た》つ花《はな》の花片《はなびら》が、ひら〳〵と動《うご》くや否《いな》や、立処《たちどころ》に羽《はね》にかはつて、蝶々《ちようちよう》に化《ば》けて、瞳《ひとみ》の黒《くろ》い女《おんな》の顔《かお》が、其《そ》の同一処《おなじところ》にちら〳〵する。

早瀬《はやせ》は、甘《あま》い、香《かんば》しい、暖《あたた》かな、とろりとした、春《はる》の野《の》に横《よこた》はる心地《ここち》で、枕《まくら》を逆《ぎやく》に、掻巻《かいまき》の上《うえ》へ寝巻《ねまき》の腹《はら》ん這《ばい》に成《な》つて、蒲団《ふとん》の裾《すそ》に乗出《のりだ》しながら、頬杖《ほおづえ》を支《つ》いて、恍惚《うつとり》した状《さま》に其《そ》の菫《すみれ》を見《み》てゐる内《うち》、上《うえ》にたゞずむ蝶々《ちようちよう》と斉《ひと》しく、花《はな》の匂《におい》が懐《なつか》しくなつたと見《み》える。

徐《やお》ら、手《て》を伸《のば》して紫《むらさき》の影《かげ》を引《ひ》くと、手巾《ハンケチ》は其《そ》のまゝ手《て》に取《と》れた。……が菫《すみれ》には根《ね》が有《あ》つて、襖《ふすま》の合《あわ》せ目《め》を離《はな》れない。

不思議《ふしぎ》に思《おも》つて、蝶々《ちようちよう》がする風情《ふぜい》に、手《て》で羽《はね》の如《ごと》く手巾《ハンケチ》を揺動《ゆりうご》かすと、一寸《いつすん》ばかり襖《ふすま》が……開《あ》……い……た。

只《と》見《み》ると、手巾《ハンケチ》の片端《かたはし》に、紅《くれない》の幻影《まぼろし》が一条《ひとすじ》、柔《やわら》かに結《むす》ばれて、夫人《ふじん》の閨《ねや》に、する〱と繋《つなが》つて居《い》たのであつた。

＊　＊

隔《へだ》ての襖《ふすま》が、より多《おお》く開《あ》いた。見《み》る〱朱《あか》き蛇《くちなわ》は、其《そ》の燃《も》ゆる色《いろ》に黄金《おうごん》の鱗《うろこ》の紋《しぼり》を立《た》てて、菫《すみれ》の花《はな》を掻潜《かいくぐ》つた尾《お》に、主税《ちから》の手首《てくび》を巻《ま》きながら、頭《かしら》に婦人《ふじん》の乳《ち》の下《した》を紅《くれないみ》見せて噛《か》んで居《い》た。

颯《さつ》と花環《はなわ》が消《き》えると、横《よこ》に枕《まくら》した夫人《ふじん》の黒髪《くろかみ》、後向《うしろむ》きに、掻巻《かいまき》の襟《えり》を出《で》た肩《かた》の辺《あたり》が露《あらわ》に見《み》えた。残灯《ありあけ》は其《そ》の枕許《まくらもと》にも差置《さしお》いてあつたが、どちらの明《あかり》でも、繋《つな》いだものの中《なか》は断《た》たれず。……

ぶる〳〵震《ふる》ふと、夫人《ふじん》はふいと衾《ふすま》を出《で》て、胸《むね》を圧《おさ》へて、熟《じつ》と見据《みす》ゑた目《め》に、閨《ねや》の内《うち》を眴《みまわ》して、懵《ぼう》としたやうで、未《ま》だ覚《さ》めやらぬ夢《ゆめ》に、菫咲《すみれさ》く春《はる》の野《の》を徜徉《さまよ》ふ如《ごと》く、裳《もすそ》も畳《たたみ》に漾《ただよ》つたが、稍《やや》あつて、はじめて其《そ》の怪《あやし》い扱帯《しごき》の我《われ》を纏《まと》へるに心着《こころづ》いたか、あ、と忍《しの》び音《ね》に、魘《うな》された、目《め》の美《うつく》しい蝶《ちょう》の顔《かお》は、俯向《うつむ》けに菫《すみれ》の中《なか》へ落《お》ちた。

解説　前章の「貸小袖《かしこそで》」が菅子《すがこ》と主税《ちから》の二人だけの夜が用意されていく場であるのにひき続いて、この「うつらうつら」の章は二人が性的に結ばれていく決定的な場に他ならない。

　二人の寝室の間にはふすまがあるのだが、そのふすまの合わせ目の所にすみれ色のハンカチが置かれており、その芳香が主税の官能をくすぐってやまない。その薫りに包まれつつ主税は、長襦袢《ながじゆばん》の花柄の残像が蝶《ちょう》となり、その蝶が菅子に化す幻想に惑乱せざるを得ない。菅子もまた同じように自ら蝶と化し、すみれの花にとけこんでいく誘惑に身をゆだねていくのである。

　こうした二人の性的な燃えあがりは、当時けっして許されることのないタブーに他ならなかった。だから二人は一方で罪の意識におののいてもいるのである。

しかし彼らはそのタブーを無化し激しく求め合っていく。そうした性愛を鏡花はきわめて比喩的に描いていくが、その表現力は無類の力を発揮し、読者に迫ってくるのである。現代でもこれほどエロティシズムを表出できる作家は少ないのではないか。

★コラム　菅子《すがこ》は西施《せいし》なのか？

早瀬主税《ちから》と島山夫人・菅子《すがこ》とは急速に親密になっていくが、その関係を彩るのが島山邸に咲いているねむの花だといっていいのではないか。ねむはマメ科の落葉高木で、対生する小葉が夜にぴったり合わさって閉じるところから「合歓」とも書き、男女の共寝を連想させることで知られている。その点で、主税と菅子の関係を象徴するものとみてよい。

葉が夜に閉じるのとは逆に、ねむの花は夕方開く。六月～七月頃咲くその花は、絹糸のように細い紅色の雄しべを扇のように広げ、きわめて美しい。かつて『奥の細道』の旅で象潟《きさかた》（現・秋田県にかほ市象潟町）を訪れた芭蕉《ばしょう》は、雨に濡れるこのねむの花をみて次のような句を作っている。

象潟《きさがた》や雨に西施がねぶの花

この句を解読すると、象潟で雨に濡れるねむの花をみていると、目を閉じた西施の姿や顔が浮かんでくるようだ、ということになろう。

西施は中国古代の春秋時代（前七七〇～前四〇三年）の女性で、戦いに敗れた越《えつ》王・勾践《こうせん》から勝者の呉《ご》王・夫差《ふさ》に献上された絶世の美女である。夫差はこの西施の美しさにおぼれこんだため後に越に滅ぼされてしまったという故事が残っている。

ねむの花

こうした背景を考えると、ねむの花のイメージをまとって登場する萱子は、河野一族からある作戦として主税にさし出された存在なのではないかと思えてくる。萱子は兄の英吉《えいきち》と妙子《たえこ》を結婚させるために主税に接近したのかもしれないのである。だとすると主税は呉王・夫差の役まわりとなるのだが、はたして主税は萱子の美しさに惑溺《わくでき》していくのであろうか。

◇思いやり

粗筋　それから一年が過ぎた。

東京では、ある日妙子《たえこ》が、お蔦《つた》に会いに八丁堀《はっちょうぼり》のめ組《ぐみ》の家を訪れた。お蔦と力をあわせて父・酒井俊蔵《しゅんぞう》の許しを得、主税《ちから》を静岡から呼びもどそうと相談に来たのである。め組も女房で髪結いのお増《ます》も留守で、病《やまい》の床についたお蔦と、ちょうど見舞いに来ていた柳橋《やなぎばし》芸者の小芳《こよし》が迎えた。お蔦は結核が進行しているようだが、一切の治療を拒否しているのだという。

妙子はお蔦に主税の好きな江戸紫の▼半襟《はんえり》を贈った。お蔦は心から喜び、これを死《し》に装束《しょうぞく》にすると口走る。また小芳は、おみやげがないから、と妙子がさしだした五十銭銀貨三枚を握りしめ、「このお金で苦界《くがい》から抜けだせますように」と声をうるませるのだった。

▼半襟　着物の襟元を飾る布。

★コラム　髪結いの亭主・め組《ぐみ》

江戸時代、髪結いは原則として男子のみに許されていた職業であった。髪結い床をひらいて営業する者のほか、店をもたず客の家をまわる者もいた。毎朝江戸城へ登城する大名や旗本の邸に出向き、髪を整え月代《さかやき》やひげをあたる仕事もあったし、江戸の男性たちは毎日髪をなおすほどおしゃれだったので、髪結いの需要はきわめて高く、職業として安定していた。

一方、女性の髪は本来自分で結いあげるものであったが、江戸中期ごろから技巧的な髪型が流行し始めると、とても自分や母、姉妹などの手では結えなくなって、女髪結いが登場した。女髪結いは、江戸後期から幕末にかけて贅沢《ぜいたく》だとして何度か禁止令が出されたが、女性たちに熱く支持され続け、明治維新後には公認されるに到った。

め組の女房・お増《ます》は女髪結いである。島田髷《しまだまげ》の名手であるとされる腕のいい彼女は、おそらくかなりの高収入だとみてよい。め組が自由気ままに生きていられるのも彼女の働きに負っているといってよかろう。それはともかく、お増は呼ばれて柳橋《やなぎばし》に出張し芸者たちの髪を結っているうちにお蔦《つた》たちと親しくなったようである。

この縁でお蔦は主税《ちから》と別れた後、お増のもとにひきとられたのだが、お蔦自身なかなか筋がよく、お増の指導のもとで修業すればやがては自立できるほどであるという。明治も末となってきているが、まだ日本髪を結う女性たちは多く、女髪結いはそれまで通り花形の職業であり続けていたのである。

◇お取膳《とりぜん》

訳「何なのかしら、この小使《こづかい》さん。どうしてこんなおかしな人が主税《ちから》さんのところに?……」

お蔦《つた》から渡された、静岡民友新聞の切り抜きを読んでいた妙子《たえこ》は興奮ぎみである。

その雑報記事の見出しは「AB《アーベー》横町」。静岡市の西草深町《にしくさぶかちょう》のはずれ、浅間《せんげん》寄りの、もう郡部に近い、とある小路が近頃盛んにAB《アーベー》横町と呼ばれている。これは、ドイツ語学者・早瀬主税氏がここに私塾を開いて、朝から「AB《アーベー》、AB《アーベー》……」の声が絶え間なく響くようになったためである。学生がおもしろがって呼び始めたのが広まって、今では豆腐屋までがこう呼ぶようになり、すっかり土地の名物になっている。もともと、すぐそこが阿部《あべ》郡なのだから、語呂が合いすぎているくらいだ。

ところで、名物といえば、早瀬塾にまつわる名物がもう一つある。早瀬氏の食事の世話やそうじなどをすべてこなしている雑用係である。ふつうこうしたことは弟子や書生がするものだが、この小使は学問をする気配が全くない。以前、早瀬氏が講師をつとめていた東京の学校の小使が頼ってきたものだそうだが、鼻唄まじりの、いなせな若者なのである。歌舞伎役者の物まねが上手で、落語もやる。通学してくる塾生の靴や下駄を預る際に、時々「いらっしゃい！」と大声をかけてぎょっとさせるなど、とんだ愛敬者《あいきよう》らしい。

最近では、著名な島山夫人・菅子《すがこ》さんはじめ上流階級の奥様やお嬢様方の間で、この塾に通ってドイツ語を学ぶのが流行のようになっているが、彼女たちにも「小使さん、小使さん」と大変な人気である。

およそこのような記事であった。

「ああ、暑い、暑い」と言いながら、出前の注文からいそいそ帰ってきた小《こ》芳《よし》も交えて、三人で主税やら、▼噂《うわさ》の小使やらのことをあれこれ話しているうち、「へい、お待ちどおさま」と竹葉亭《ちくようてい》のうなぎが届いた。

小芳が火を起こすと、全く気取るところのない妙子が自ら土びんを台所に運んだ。するとお蔦までが、勢いにつられたようによろよろと起きだして、自慢の腕前で番茶をおいしくいれ、三人で仲よくお膳《ぜん》に向かった。

奈良漬にぽっとなった妙子がほてった顔を洗ったので、小芳が化粧をちょっと直してやると、今度はお蔦が、ぐいとぬぐったくしで妙子の髪を整えた。

柳橋《やなぎばし》芸者が二人でかかったのだから、品のいい妙子が粋にもなって、このうえなくあでやかである。その姿を、小芳は放心したようになってうっとりと飽きることなく眺めていた。そんな二人を見ながらお蔦は「ああ、お嬢さんは先生に瓜二つだ。小芳姉さんがみとれるのも無理はないけれど、こんなに手放しでぼうっとしちゃって、憎らしい。あとでいじめてやろう」などと思っていた。ああ、それにしても……。

妙子は両親に内緒で来たため、あまり遅くならないうちに、と二時過ぎに帰っていった。

「うなぎ、おいしかったわ」と門口でまであどけなく言い続けて。小芳が路地の角まで見送った。

しばらくして、ばたばたと引き返してきた小芳は半狂乱で家に駆け込み、お蔦にひしとすがりついた。

「ああ、もう耐えられない。耐えられない。耐えられるもんか。そりゃあ、あんなにかわいいお嬢さんにお育てなすったのは真砂町《まさごちょう》の奥さんだよ。だけど、う……産んだのは、この私じゃないか。私の子なんだよ、お蔦ちゃん。この体にあの子の袖《そで》が触るたび、胸がうずいてたまらなかった。見ておくれよ。乳もこんなに張って……切ない。」

自分の胸をしめつけるように抱いて、小芳は声をあげて泣いた。

「……ほら、しっかりおしよ、小芳姉さん。そんなに思い詰めると▼癪《しゃく》が起こるよ。……ああ、それにしても……私たちは、いったい何だって、よりによって……」

芸者になんかなってしまったのだろう……。男女の道にも芸の道にも熟達したお蔦と小芳であったが、じっと抱きあったまま、少女のように泣き続けたのである。

▼竹葉亭　江戸時代から続くうなぎの名店。この当時は、め組《ぐみ》の家の近くの新富町《しんとみちょう》にあった。

▼癪　胃、腹などに起こる激しい痛み。

原文

「何《なん》でせう。此《こ》の小使《こづかい》は、又可訝《またおかし》なものぢやないの、」とお妙《たえ》が顔《かお》を赤《あこ》うして云《い》ふ。新聞《しんぶん》に書《か》いたのは（AB横町《アアベエよこちよう》。）と云《い》ふ標題《みだし》で、西《にし》の草深《くさぶか》のはづれ、浅間《せんげん》に寄《よ》つた、最《も》う郡部《ぐんぶ》に成《な》らうとする唯《と》ある小路《こうじ》を、近頃渾名《ちかごろあだな》してAB横町《アアベエよこちよう》と称《とな》へる。既《すで》に阿部郡《あべごおり》であるのだから語呂《ごろ》が合《あ》ひ過《す》ぎるけれども、是《これ》は独語《どくご》学者《がくしや》早瀬《はやせ》主税《ちから》氏《し》が、爰《ここ》に私塾《しじゆく》を開《ひら》いて、朝《あさ》から其《そ》の声《こえ》の絶間《たえま》のない処《ところ》から、学生《がくせい》が戯《たわむれ》に爾《し》か名《な》づけたのが、一般《いつぱん》に拡《ひろ》まつて、豆腐屋《とうふや》までがAB横町《アアベエよこちよう》と呼《よ》んで、土地《とち》の名物《めいぶつ》である。名物《めいぶつ》と云《い》へば、最《も》一《ひと》ツ其《そ》の早瀬塾《はやせじゆく》の若《わか》いもので、是《これ》が煮焼《にたき》、拭《ふき》掃除《そうじ》、万端世話《ばんたんせわ》をするのであるが、通例《つうれい》なら学僕《がくぼく》と云《い》ふ処《ところ》、粋《いなせ》な兄哥《あにい》で、鼻唄《はなうた》を唱《うた》へばと云《い》つても学問《がくもん》をするのでない。以前早瀬《いぜんはやせ》氏《し》が東京《とうきよう》で或学校《あるがつこう》に講師《こうし》だつた、其《そ》処《こ》で知己《ちかづき》の小使《こづかい》が、便《たよ》つて来《き》たものださうだが、俳優《やくしや》の声色《こわいろ》が上手《じようず》で落語《らくご》も行《や》る。時々《ときどき》（入《い》らつしやい〳〵）と怒鳴《どな》つて、下足《げそく》に札《ふだ》を通《とお》して通学生《つうがくせい》を驚《おどろ》かす、飛《とん》だ愛敬《あいきよう》もので、小使《こづかい》さん、小使《こづかい》さんと、有名《ゆうめい》な島山夫人《しまやまふじん》をはじめ、近頃流行《ちかごろりゆうこう》のやうに成《な》つて、独逸語《ドイツご》を其《そ》の横町《よこちよう》に学《まな》ぶ貴婦人連《きふじんれん》が、大分御贔屓《だいぶごひいき》である、と云《い》ふ雑報《ざつぽう》の意味《いみ》であつた。

小芳《こよし》が、お、暑《あつ》い、と云《い》ひつつ、いそ〳〵と帰《かえ》つて来《き》た。

話《はなし》に其《そ》の小使《こづかい》の事《こと》も交《まじ》つて、何《なん》であらうと三人《さんにん》が風説《うわさ》とり〴〵の中《なか》へ、へい、お待遠様《まちどおさま》、と来《き》たのが竹葉《ちくよう》。

小芳《こよし》が火《ひ》を起《おこ》すと、気取気《きどりげ》の無《な》いお嬢《じよう》さん、台所《だいどころ》へ土瓶《どびん》を提《さ》げて出《で》る。お蔦《つた》も勢《いきおい》に連《つ》れて蹌踉起《よろよろお》きて出《で》て、自慢《じまん》の番茶《ばんちや》の焙《ほう》じ加減《かげん》で、三人《さんにん》睦《むつまじ》くお取膳《とりぜん》。

お妙《たえ》が奈良漬《ならづけ》にほうと成《な》つた、顔《かお》がほてると洗《あら》つたので、小芳《こよし》が刷毛《はけ》を持《も》つて、颯《さつ》とお化粧《つくり》を直《なお》すと、お蔦《つた》がぐい、と櫛《くし》を拭《ふ》いて一歯入《ひとはい》れる。

苦労人《くろうと》が二人《ふたり》がかりで、妙子《たえこ》は品《ひん》のい、処《ところ》へ粋《いき》に成《な》つて、又《また》あるまじき美麗《あでやか》さを、飽《あ》かず視《なが》めて、小芳《こよし》が幾度《いくたび》も恍惚気抜《うつとりきぬ》けのするやうなのを、あ、、先生《せんせい》に瓜二《うりふた》つ、御尤《ごもつと》もな次第《しだい》だけれども、余《あま》り手放《てばな》しで口惜《くやし》いから、あとでいぢめて遣《や》らう、とお蔦《つた》が思《おも》ひ設《もう》けたが、……あ、、然《さ》りとては……

いづれ両親《りようしん》には内証《ないしよ》なんだから、と（おいしかつてよ。）を見得《みえ》もなく門口《かどぐち》でまで云《い》つて、遅《おそ》くならない内《うち》、お妙《たえ》は八《や》ツ下《さが》りに帰《かえ》つた。路地《ろじ》の角《かど》まで見送《みおく》つて、や、あつて引返《ひつかえ》した小芳《こよし》が、ばた〳〵と駈込《かけこ》んで、半狂乱《はんきようらん》に、犇《ひし》と、お蔦《つた》に縋《すが》りつ

いて、

「我慢《がまん》が出来《でき》ない。我慢《がまん》が出来《でき》ない。我慢《がまん》が出来《でき》ない。あんな可愛《かわい》いお嬢《じょう》さんにお育《そだ》てなすつたお手柄《てがら》は、真砂町《まさごちょう》の夫人《おくさん》だけれど、産《う》…産《う》んだのは私《わたし》だよ。私《わたし》の子《こ》だよ、お蔦《つた》さん、身体《からだ》へ袖《そで》が触《さわ》る度《たんび》に、胸《むね》がうづいて成《な》らなんだ、御覧《ごらん》よ、乳《ちち》のはつたこと。」

と、手《て》を引入《ひきい》れて引緊《ひきし》めて、わつとばかりに声《こえ》を立《た》てると、思《おも》はず熟《じつ》と抱《だ》き合《あ》つて、

「あれ、確乎《しつかり》おし、小芳《こよし》さん、癪《しやく》が起《おこ》ると不可《いけな》いよ。私《わたし》たちは何《なん》の因果《いんが》で、」

芸者《げいしや》なんぞに成《な》つたとて、色《いろ》も諸分《しよわけ》も知抜《しりぬ》いた、いづれ名取《なとり》の婦《おんな》ども、処女《むすめ》のやうに泣《な》いたのである。

解説　妙子《たえこ》、小芳《こよし》、お蔦《つた》の三人の話題は静岡での主税《ちから》のことに集中する。静岡の地方紙である静岡民友新聞に掲載されたドイツ語塾の繁盛ぶりが三人の注目するところとなる。彼女たち三人が不審に思うのがこの塾の小使《こづかい》役に徹している若

者だが、読者にはこの男の正体は容易に推定できる。前篇「柏家《かしわや》」のラストシーンなどに登場したスリの万太であろうことが推察できるのだ。

ところで、この場で最も重要なことは、妙子が酒井と小芳の間にできた娘だということである。これはお蔦もすでに知っていたらしいが、妙子の耳には何一つ入ってはいない。だからこそ彼女は良家のお嬢さんとして明るく快活にふるまってやまないのだ。その妙子の闊達《かったつ》さを目のあたりにし、小芳は激しい感情に襲われざるを得ない。妙子を見送った後、小芳はお蔦と抱きあい、お互いの芸者の身の上、日陰の身を歎きつつ、いつまでも泣き続けるのである。この場面は、芝居では「めの惣《そう》」の場として、「湯島の境内」と並ぶ名場面となっている。

◇小待合《こまちあい》

粗筋　お蔦《つた》と小芳《こよし》を訪ねた帰り道、妙子《たえこ》は教頭の宮畑閑耕《みやばたかんこう》と河野英吉《こうのえいきち》につかまり、待合《まちあい》に連れ込まれてしまう。が、折よく魚屋・め組《ぐみ》がそれを見かけて座敷に乗りこみ、妙子を救い出したのだった。

▼待合　待合茶屋。客が芸者を呼んで飲食、遊興した所。

◇道子

粗筋 河野《こうの》家の長女・道子《みちこ》は、医学士の婿《むこ》を迎え河野病院の院長夫人であったが、気高くつつましい女性で、妹たちとはあまり似ていなかった。

六月下旬の日曜日、静岡では上流階級の女性たちが主催する孤児院のためのバザーが開かれようとしていた。道子はその会場に向かう途中、妹の菅子《すがこ》を探して主税《ちから》のドイツ語塾に立ち寄る。ようやく機会をとらえた主税は、かつて道子の母・富子《とみこ》が馬丁《べっとう》・貞造《ていぞう》に送った恋文を示しながら、道子の実の父親は貞造であると告げるのだった。貞造は、いまわの際に一目、道子に会いたがっていた。

遅れて現れた菅子《すがこ》は、道子を追い払うと、主税にくどき始める。英吉《えいきち》は妙子《たえこ》との結婚がかなわないためやけになり、高利貸から借金して放蕩《ほうとう》を重ねていた。今では河野家から勘当《かんどう》同然の身であるという。

◇私語《ささめごと》

訳「萱子《すがこ》さん、度胸をすえて、島山さんの前に首をさしだしなさい。あなたとこうなった以上、私はとっくの昔から、先生……には合わせる顔がない、お蔦《つた》……の顔も見られない、と覚悟していますよ。だからもう何一つ恐れるものはないんです。

それなのにあなたは、夫の島山さんに不愉快な思いをさせておきながら、いまだに貞淑な妻のままでいようとしている。そればかりか、子供には思いやり深い母、両親には親孝行な娘、社会では上品でしとやかな貴婦人……そんな世の中の手本になるような完璧な女性を演じようとしているんだ。やせるのも苦しいのも当然です。

浮気をする貞女、慈母、孝女、淑女、そんなもの、いるわけがない！」

＊　＊

「私のほうじゃ、あなたのためにならないようなことは一つもしていないつもりなのに、あなたは、私の立場が悪くなるように、悪くなるようにっていうことばかりおっしゃるのね。私が島山に、早瀬さんの所に行くのが気に入らないなら御心のままにどうにでもしてください、なんて言えるはずがないでしょう？　島山とは離縁になれば済むかもしれない。でも、そんなことになったら、第一あなた、河野《こうの》の家名はどうなるのよ。そんな汚点、末代まで消えないわ。河野家の系図に瑕《きず》がつくじゃありませんか。

＊　＊

どうしてあなたは全部ぶちこわしにするようなことしか言わないの？　あなたが、妙子《たえこ》さんのことを兄さんに許してさえくだされば、すべてがまるくおさまるのよ。あなたと交際して兄さんの結婚に一役買ったことになれば、私だってこんなに良心がとがめずに済むわ。そうしたらどれだけ気が休まるか。

でもあなたは全然聞き入れてくれないじゃないの！　だから薄情だって言うんです。名誉も何もかも捧げている女がこれほど頼んでいるのよ。きいてくれたっていいじゃないの。」

「名誉も何もかも？」

「ええ、そうよ。」

主税に背を向けていた萱子は身をひねり、言葉だけでなく、ぱっちりとした黒目がちの目でも訴えた。

「なぜ、家も河野の名も、と言わないんです？　あなたにとっては、名誉と家とは一体のものでしょう？　同じように、家と河野の名も一体のはずだ。あなたをはじめ河野家の方々に、一族の名誉という鼻もちならない考えのあるうちは、人の情合いなどわかりっこありません。だから夫より実家の両親が大事だったり、他人《ひと》の娘の身元調査を平気でしたりするんです。そんなやつらに妙子さんを渡すもんですか。指一本だって触れさせやしませんよ。妙子さんの縁談の話をしたいなら、まずあなたが、名誉も河野家も振り捨てて、心から好きな男といっしょになってごらんなさい。」

主税は激しく意気込んで詰め寄った。しかし萱子には、それに応《こた》えようとする様子はみじんもなかった。かえって疲れたような、あきあきした調子でこう言い捨てたのである。

「それでまた、兄さんと妙子さんの結婚式は、安東村《あんどうむら》の、あの乞食小屋みたいなあばら家で挙げろ、それなら許してやる、と言うんでしょう？　あなたの考えは、私たちとはまるっきり正反対なのよ。まるで河野の家を滅ぼそうとしているみたいね。そんな家の敵《かたき》みたいな人を、どうして私、いやじゃないいんだろう。自分で自分の気が知れないわ。

ああ、もう、私、バザーに行かなくちゃ。

もう何でもいい！　どうにでもなるがいいわ……。」

原文　度胸《どきよう》を据《す》ゑて、首《くび》の座《ざ》へお直《なお》んなさい。私《わたし》なんざ疾《と》くに——先生《せんせい》……には面《おもて》は合《あ》はされない、お蔦《つた》……の顔《かお》も見《み》ないものと思《おも》つて居《い》る。此《こ》の上《うえ》は、何《ど》んなことだつて恐《おそ》れはしません。
其《それ》に貴女《あなた》は、島山《しまやま》さんに不快《ふかい》を感《かん》じさせながら、未《ま》だ矢張《やつぱり》、夫《おつと》には貞女《ていじよ》で、子《こ》には慈悲《じひ》ある母親《ははおや》で、親《おや》には孝女《こうじよ》で、社会《しやかい》の淑女《しゆくじよ》で、世《よ》の亀鑑《きかん》とも成《な》るべき徳《とく》を備《そな》へた貴婦人顔《きふじんがお》をしようとするから、瘦《や》せもし、苦労《くろう》もするんです。浮気《うわき》をする、貞女《ていじょ》、孝女《こうじょ》、慈母《じぼ》、淑女《しゅくじょ》、そんな者《もの》があるものか。」

＊　＊

「だつて私《わたし》は、貴下《あなた》のために悪《わる》いやうにと為《し》た事《こと》は一《ひと》つも無《な》いのに、貴下《あなた》の方《ほう》ぢや、私《わたし》の身《み》の立《た》たないやうに、立《た》たないやうにと言《い》ふぢやありませんか。早瀬《はやせ》さんへ行《ゆ》くのが悪《わる》いんなら（何《ど》うでも為《し》て下《くだ》さい、御心《おこころ》まかせ。）何《なん》のつて、そんな事《こと》が、譬《たと》へにも島山《しまやま》に言《い》はれるもんですか。

島山《しまやま》の方《ほう》は、其《そ》れで離縁《りえん》に成《な》るとして、然《そ》うしたら、貴下《あなた》、第一河野《だいいちこうの》の家名《かめい》は何《ど》う成《な》ると思《おも》ふのよ。末代《まつだい》まで、汚点《しみ》がついて、系図《けいず》が汚《けが》れるぢやありませんか。」

＊

「ですから、そんな打破《ぶちこわ》しをしないでも、妙子《たえこ》さんさへ下《くだ》さると、円満《えんまん》に納《おさ》まるばかりか、私《わたし》も、どんなにか気《き》が易《やす》まつて、良心《りょうしん》の呵責《かしゃく》を免《まぬか》れることが出来《でき》ますツて云《い》ふのにね。肯《き》きますまい！　其《それ》が無情《むじょう》だ、と云《い》ふんだわ。名誉《めいよ》も何《なに》も捧《ささ》げて居《い》る婦《おんな》の願《ねが》ひぢやありませんか、肯《き》いてくれたつて可《い》いんだわ。」

「（名誉《めいよ》も何《なに》も）とおつしやるんだ。」

「あ、然《そ》うよ。」と捩向《ねじむ》いて清《すず》しく目《め》を睜《みひら》く。

「何為其《なぜそ》の上《うえ》、家《いえ》も河野《こうの》もと言《い》はんのです。名誉《めいよ》を別《べつ》にした家《いえ》がありますか。家《いえ》を別《べつ》にした河野《こうの》がありますか。貴女《あなた》はじめ家門《かもん》の名誉《めいよ》と云《い》ふ気障《きざ》な考《かんが》へが有《あ》る内《うち》は、情合《じょうあい》は分《わか》りません。然《そ》う云《い》ふのが、夫《おっと》より、実家《さと》の両親《ふたおや》が大事《だいじ》だつたり、他《ひと》の娘《むすめ》の体格検査《たいかくけんさ》をしたりするのだ。お妙《たえ》さんに指《ゆび》もささせるもんですか。

お妙《たえ》さんの相談《そうだん》をしようと云《い》ふんなら、先《ま》づ貴女《あなた》から、名誉《めいよ》も家《いえ》も打棄《うっちゃ》つて、誰《たれ》なりとも好《す》いた男《おとこ》と一所《いっしょ》に成《な》ると云《い》ふ実証《じっしょう》をお挙《あ》げなさい。」

と意気込《いきご》んで激《はげ》しく云《い》ふと、今度《こんど》は夫人《ふじん》が、気《き》の無《な》い、疲《つか》れたやうな、倦《うん》じた調《ちょう》子《し》で、

「而《そ》して又《また》（結婚式《けつこんしき》は、安東村《あんとうむら》の、あの、乞食小屋《こじきごや》見《み》たやうな茅屋《あばらや》で挙《あ》げろ）でせう。貴下《あなた》はまるツ切私《きりわたし》たちと考《かんが》へが反対《あべこべ》だわ。何《なん》だか河野《こうの》の家《いえ》を滅《ほろ》ぼさうと云《い》ふやうな様子《ようす》だもの、家《いえ》に仇《あだ》する敵《かたき》だわ。何《ど》うして、そんな人《ひと》を、私厭《わたしいや》でないんだか、自分《じぶん》で自分《じぶん》の気《き》が知《し》れなくツてよ。あゝ、而《そ》して、最《も》う、私《わたし》、慈善市《バザア》へ行《ゆ》かなくツ

ては。最《も》う何《なん》でも可《い》いわ！　何《なん》でも可《い》いわ。」

解説　主税《ちから》と菅子《すがこ》はお互い強く引かれるものを感じ性的に結ばれたのであるが、そこには多分に打算的、功利的な色彩がにじんでいるようだ。だから二人はその点をめぐって常に言いあいを始めてしまう。菅子は自己を犠牲にして兄・英吉《えいきち》と妙子《たえこ》を結婚させようともくろんでいる。それが可能となるならば河野《こうの》家の名誉が守られ、自らの行為が正当化されると信じている。

主税はその菅子の虚飾に満ちた考え方を正面きって論難し、自分との関係に全てを賭《か》けるべきだと激しく迫る。この主税の姿勢と迫力にはすさまじいものがみてとれ、この時点で彼が師の酒井をはじめとして妻のお蔦《つた》すら喪失する覚悟を固めていたことが明らかとなる。つまり主税はこれだけの決意で河野一族と対決しようとしているのであり、それは菅子にもうすうす感知されているようだ。そんな「家に仇《あだ》する敵《かたき》」のような主税を愛しはじめた己に菅子はいっそうの怒りを感じているらしいのである。

◇宵闇《よいやみ》

粗筋　その日の夜、道子はバザーの会場からこっそり脱けだし、主税《ちから》とともに安東《あんどう》村《むら》の貞造《ていぞう》の家へと急いだ。ふだん、嫉妬深く時に暴力もふるう夫に柔順に従っている道子としては破格の大胆な行動であった。

道　子
（鰭崎英朋《ひれさきえいほう》 画『婦系図 後篇』口絵　個人蔵）

しかし、貞造はすでに息をひきとっていた。貞造の顔をよく見せようと、主税が道子に手渡したランプがすべり落ち、またたく間に道子に火が燃え移った。主税はその火を体を投げだして消し止め、そのまま二人は結ばれたのだった。

◇廊下《ろうか》づたい

訳

「早瀬さん、私がわかりますか。」

院長夫人として毎晩入院患者を見舞っている道子が主税《ちから》の病室に入り、ベッドに横たわる主税に話しかけた。

「………」

「ようやく今日のお昼ごろから人の顔がわかるようになったそうでございますね。」

「おかげさまで。」

確かにそう答えたのだが、腹からでた声なのだろうか、主税の口は動かなかった。

「それはもう、ひどいお熱だったのでございますよ。」

「看護婦さんに聞きました。ちょうど十日の間、意識不明だったとか。驚きました。いつの間にか、もう七月の半ばだそうですね。」

主税は目をつぶったまま言った。

「家では、東京の妹たちが皆、夏休みで帰ってきました。」

主税は少し頭を動かして、

「英吉《えいきち》君も、ですか。」

「いいえ、英吉だけは参りませんの。このごろじゃ家に帰ってこられないようなありさまなのです。かわいそうに……。

ああ、そういえば。」

道子は枕元の棚を見ながら心からの同情を込めて言うのだった。

「あなたは何としても東京にお帰りになりたかったでしょうね。こんな御病気になるなんて、間が悪すぎるとしか言いようがありませんわ。酒井様からの電報はご覧になりましたか？」

「見ました、さっき初めて。」

こう答える主税の声は一段と沈んだ。

「二通とも？」

「はい、二通とも。」

「一通めは『スグカエレ《すぐ帰れ》』とだけでしたが、二通めは『ツタビヨウキ《蔦病気》』……奥様が御危篤《きとく》なのではないでしょうか。奥様のことは、菅子《すがこ》から聞いておりましたの。失礼とは思いましたが、お宅の小使《こづかい》さんや菅子とも相談して、こういう事態ですから、あなたの枕元で電報の封を解いてしまいました。それで、あちらでもどんなにか待っておいでだろうと思いまして、あなたが高熱で昏睡《こんすい》状態のため残念ながらお帰りになれない、と私の名前で電報を打っておきました。

　それにしても、ちょうど重なってしまうなんて、なんというめぐりあわせなのでしょう……お気持ち、お察し致します。」

「……病気でよかったんですよ。元気でいたって、どの面さげて帰れるというんです。先生やむこうの皆には合わせる顔がないんだから。」

「まぁ、どうして？」

　道子がうつむいて、あごを引いてじっと見つめると、主税はわずかに目を開いた。

「どうして、って……」

「そもそも、あなたにだって、顔向けできないんです。」

　主税の息づかいが急に荒くなり、毛布から出ている薄い胸が激しく上下した。

　道子はわなわなと肩を震わせると、まるで乱れ降る雪のようにまっ白な手をおののかせながら、主税のその肋骨《ろっこつ》の浮きでた胸に触れるのだった。

「安東村《あんどうむら》へごいっしょしたのは……夢ではないのですね……」

　主税は、胸に置かれた道子の手が自分の呼吸を止める恐ろしい重しだとでもいうように、その圧殺の苦しみをふり払おうとしているかにみえた。しかしその実、やせ細った手で道子の手を握りしめていたのである。そして何度も口を動かして苦し気にこう言うのだった。

「夢では、ありません。しかし、現実で、あっては、ならないのです……み、道子さん、ひと思いに、私に、毒を、毒を、飲ませて、ください……」

「………」

　そう言う主税の口元を、道子は頭を傾けて唇でふさいだ。それは、渇きに苦しむ魚の歯に、ふいに一片の花びらがこぼれ落ちたかのようであった。

原文
「早瀬《はやせ》さん、私《わたし》が分《わか》りますか。」

「…………」

「漸々今日《ようようきょう》のお昼頃《ひるごろ》から、あの、人顔《ひとがお》がお分《わか》りになるやうにお成《な》んなさいましたさうでございますね。」

「お庇様《かげさま》で。」

と確《たしか》に聞《きこ》えた。が、腹《はら》でもの云《い》ふ如《ごと》くで、口《くち》は動《うご》かぬ。

「酷《ひど》いお熱《ねつ》だつたんでございますのねえ。」

「看護婦《かんごふ》に聞《き》きました。ちやうど十日《とおか》間《かん》ばかり、全《まる》ツ切人事《きりじんじ》不省《ふせい》で、驚《おどろ》きました。いつの間《ま》にか、最《も》う、七月《しちがつ》の中旬《なかば》ださうで。」と瞑《ねむ》つたまゝで云《い》ふ。

「宅《たく》では、東京《とうきょう》の妹《いもうと》たちが、皆暑中休暇《みんなしょちゅうきゅうか》で帰《かえ》つて参《まい》りました。」

少《すこ》し枕《まくら》を動《うご》かして、

「英吉君《えいきちくん》も……ですか。」

「否《いいえ》、彼《あ》の人《ひと》だけは参《まい》りませんの。此《こ》の頃《ごろ》ぢや家《うち》へ帰《かえ》られないやうな義理《ぎり》に成《な》つて居《お》りますから、気《き》の毒《どく》ですよ。

あゝ、然《そ》う申《もう》せば、」と優《やさ》しく、枕許《まくらもと》の置棚《おきだな》を斜《ななめ》に見《み》て、

「貴下《あなた》は、まあ、嘸東京《さぞとうきょう》へお帰《かえ》りなさらなければ成《な》らなかつたんでございませうに。生憎御病気《あいにくごびょうき》で、真個《ほんとう》に間《ま》が悪《わる》うございましたわね。酒井様《さかいさま》からの電報《でんぽう》は御覧《ごらん》に成《な》りましたの？」

「見《み》ました、先刻《せんこく》はじめて、」

と調子《ちょうし》が沈《しず》む。

「二通《につう》とも、」

「二通《につう》とも。」

「一通《いっつう》は唯《ただ》（直《す》ぐ帰《かえ》れ。）ですが、二度目《にどめ》のには、ツタビヤウキ（蔦病気《つたびょうき》）――予《かね》て妹《いもうと》から承《うけたまわ》つて居《お》りました。貴下《あなた》の奥《おく》さんが御危篤《ごきとく》のやうに存《ぞん》じられます。御内《おうち》の小使《こづかい》さん、と其《それ》に草深《くさぶか》の妹《いもうと》とも相談《そうだん》しまして、お枕許《まくらもと》で、失礼《しつれい》ですが、電報《でんぽう》の封《ふう》を解《と》きまして、私《わたし》の名《な》で、貴下《あなた》が此《こ》のお熱《ねつ》の御様子《ごようす》で、残念《ざんねん》ですが行《い》らつしやられない事《こと》を、お返事申《へんじもう》して置《お》きました。ですが、まあ、何《なん》と云《い》ふ折《おり》が悪《わる》いのでございませう。真個《ほんとう》にお察《さつ》し申《もう》して居《お》ります。」

「……病気《びようき》が幸《さいわい》です。達者《たつしや》で居《い》たつて、何《ど》の面《つら》さげて、先生《せんせい》はじめ、顔《かお》が合《あわ》されますもんですか。」

「何為《なぜ》？　貴下《あなた》、」

と、熟《じつ》と頤《おとがい》を据《す》ゑて、俯向《うつむ》いて顔《かお》を見《み》ると、早瀬《はやせ》は纔《わずか》に目《め》を開《あ》いて、

「何為《なぜ》とは？」

「………」

「第一《だいいち》、貴女《あなた》に、見《み》せられる顔《かお》ぢやありません。」

と云《い》ふ呼吸《いき》づかひが荒《あら》くなつて、毛布《けつと》を乗出《のりだ》した、薄《うす》い胸《むね》の、露《あら》はな骨《ほね》が動《うご》いた時《とき》、道子《みちこ》の肩《かた》もわなゝして、真白《ましろ》な手《て》の戦《おのの》くのが、雪《ゆき》の乱《みだ》るゝやうであつた。

「安東村《あんとうむら》へおともをしたのは……夢《ゆめ》ではないのでございますね。」

早瀬《はやせ》は差置《さしお》かれた胸《むね》の手《て》に、圧《お》し殺《ころ》されて、恰《あたか》も呼吸《こきゆう》の留《とま》るが如《ごと》く、其《そ》の苦《くるしみ》を払《はら》はむとするやうに、痩細《やせほそ》つた手《て》で握《にぎ》つて、幾度《いくたび》も口《くち》を動《うご》かしつつ辛《かろ》うじて答《こた》へた。

「夢《ゆめ》ではありません、が、此《こ》の世《よ》の事《こと》では無《な》いのです。お、お道《みち》さん、毒《どく》を、毒《どく》を一思《ひとおも》ひに飲《の》まして下《くだ》さい。」

と魚《うお》の渇《かわ》けるが如《ごと》く悶《もだ》ゆる白歯《しらは》に、傾《かたむ》く鬢《びん》からこぼるゝよと見《み》えて、衝《つ》と一片《ひとひら》の花《はな》が触《ふ》れた。

解説　主税《ちから》と道子が貞造《ていぞう》の家に行ったのは六月下旬の日曜日であった。それからしばらくして七月五日頃、主税は病《やまい》に倒れ、人事不省に陥ったようだ。ようやく意識がもどり河野《こうの》病院にいることに気付いた時は七月中旬になっていたからである。ここでの主税の突然の発病はいったい何を意味しているのか。高熱で十日間も人事不省になるのだから軽症でないことは確かだが、問題はその病名ではなく、主税がそのような状態にならざるを得なかった苦悩そのものにあったのではないか。

確かに主税は恩人の一人娘の妙子《たえこ》を守りきるため河野一族の権勢と野望にまっこうから闘《たたか》いを挑んでいる。この闘いのために彼は恩師の酒井をはじめ妻のお蔦《つた》をさえ振り切ってしまおうとしている。その決意と行動は実に鮮烈だが、その実態は菅子《すがこ》や道子と性的に一体化することでしかなかったのではないか。こうした行為が主税の心身を次第にむしばんでいったのではあるまいか。

◇蛍

訳「俺だ。わかるか？　わかるか？　おお、酒井だよ。わかったか。しっかりしろ。」

死に瀕《ひん》したお蔦《つた》の枕元に、今は酒井俊蔵《しゅんぞう》がただ一人座り、顔を近づけ親身になって語りかけているのであった。

隣の部屋には……

「ああ、皆いるよ。妙子《たえこ》もいる。大勢いるから気を確かにもつんだよ。ただなあ、早瀬がおらん。さぞ無念だろうが、早瀬も病気で入院しているんだそうだ。どうしようもないんだよ。諦めような。俺も残念だ……」

お蔦の髪は、彼女のなかで唯一、幾千年も生き続けそうなほどにいきいきとしていた。その黒髪の下に今にも消えていきそうな薄白んだ耳に向かって、酒井は必死に呼びかけているのである。

「早瀬とは、来世で会え。来世で一緒になるがいい。今度会ったら命がけですがりついて離れるな。俺のような邪魔者が入らないように気をつけろ。絶対に離れるんじゃないぞ。もう先生なんぞもつんじゃない。

こんなことになっているとは知らなかった。おまえより早瀬のほうがかわいいから、早瀬にまちがいのないように、早瀬にきずがつかないように、とそればかりを考えて……かわいそうなことをしてしまった。

早瀬にしくじらせまいと思うあまり、俺の目にはおまえが早瀬にとりついた魔物のように見えたんだ。そういう俺は、おまえにとっては敵《かたき》だなあ……。だけどな、純情な小娘じゃあるまいし、仲を引き裂いたって、本当に会いたければ、どんなことをしてでも会うと思っていたよ。問題は世間体なんだから、いっしょに暮らしてさえいなければ、内緒で会うくらい大目にみてやろうと思っていたのさ。それなのに、おまえたちときたら、義理がたいなあ。かわいそうに、死ぬまで我慢をし通したのか。

今さら卑怯《ひきょう》なことは言わない。俺を恨め。この酒井俊蔵を恨め。呪《のろ》うんだよ。」

＊　＊

め組《ぐみ》が、はかない光を放つ縁側の蛍かごをはずしたひょうしに尻もちをついてドシンと音をたてると、お蔦は再びぱっちりと目をみひらいた。そして、心細く寂しいとでもいうように、酒井に枕をすり寄せた。

「皆いるから寂しくないぞ。

だが、もし早瀬がいたら、皆に別の部屋に行ってもらって、こうやって二人だけになって言いたいことがあるだろうなあ。

それは諦めるよりしかたがないが。お蔦、どうだ、本物の早瀬は諦めて、俺を早瀬だと思えないか。世界にただ一人の夫だと思えないか。

＊　＊

仏や念仏なんかいらない。早瀬の名を一心に唱えろ。早瀬主税、早瀬主税と唱えて、この袖《そで》にすがれ。胸に抱きつけ。お蔦。

……早瀬が来た。ここにいるよ。」

こう酒井が言ったときであった。お蔦は酒井にすがりつき、酒井の膝の上へと、やおら身を乗りだしたのである。その横向きのお蔦を、酒井はしかと抱きとめ、うなじを支えた。

お蔦は、酒井の襟《えり》を探して力ない手で二度三度と空をつかんだが、ようやく震える手でしっかりとつかむと訴えた。

「のどが、苦しい。ああ、息が、できない。こんなこと、口に出して、頼んだりして、ふつうの奥さん、みたいだけれど、口移しに、薬を、飲ませて。」

ふつうの奥さん……、と言いながら、お蔦ははにかんでほほえんだ。

酒井はためらうことなく水薬《みずぐすり》を口にふくんだ。

水薬が、ごくりとお蔦ののどを通った。あおむけのお蔦は、意識を失いかけてもうろうとしつつ、

「早瀬さん。」

「お蔦。」

「早瀬さん……。」

「うん?」

「せ、先生が、会っても、いいって。うれしいねえ……。」

酒井の目から、はらはらと涙がこぼれ落ちた。

原文

「己《おれ》が分《わか》るか、分《わか》るか。お丶酒井《さかい》だ。分《わか》つたか、確乎《しつかり》しな。」
酒井俊蔵唯一人《さかいしゆんぞうただひとり》、臨終《いまわ》のお蔦《つた》の枕許《まくらもと》に、親《した》しく顔《かお》を差寄《さしよ》せた。次《つぎ》の間《ま》には……

「あ丶、皆居《みんない》るとも。妙《たえ》も居《い》るよ。大勢居《おおぜいい》るから気《き》を丈夫《じようぶ》に持《も》て！　唯早瀬《ただはやせ》が見《み》えん、残念《ざんねん》だらう、己《おれ》も残念《ざんねん》だ。病気《びようき》で入院《にゆういん》をして居《い》ると云《い》ふから、致方《いたしかた》が無《な》い。断念《あきら》めなよ。」

と、黒髪《くろかみ》ばかりは幾千代《いくちよ》までも、早《は》や其《そ》の下《した》に消《き》えさうな、薄白《うすしら》むだ耳《みみ》に口《くち》を寄《よ》せて、

「未来《みらい》で会《あ》へ、未来《みらい》で会《あ》へ。未来《みらい》で会《あ》つたら一生懸命《いつしようけんめい》に縋着《すがりつ》いて居《い》て離《はな》れるな。己《おれ》のやうな邪魔者《じやまもの》の入《はい》らないやうに用心《ようじん》しろ。屹度《きつと》離《はな》れるなよ。先生《せんせい》なんぞ持《も》つな。己《おれ》は恁《こ》う云《い》ふ事《こと》とは知《し》らなんだ。お前《まえ》より早瀬《はやせ》の方《ほう》が可愛《かわい》いから、彼《あれ》に間違《まち》ひの無《な》いやうに、怪我《けが》の無《な》いやうにと思《おも》つたが、可哀相《かわいそう》な事《こと》をしたよ。早瀬《はやせ》に過失《あやまち》をさすまいと思《おも》ふ己《おれ》の目《め》には、お前《まえ》の影《かげ》は彼奴《あいつ》に魔《ま》が魅《さ》して居《い》るやうに見《み》えたんだ。お前《まえ》を悪魔《あくま》だと思《おも》つた、己《おれ》は敵《かたき》だ。間《なか》をせいたつて処女《きむすめ》ぢやない。真逢《まことあ》ひたくば、どんなにしても逢《あ》へん事《こと》はない。世間体《せけんてい》だ、一所《いつしよ》に居《い》てこそ不都

合《ごう》だが、内証《ないしょ》なら大目《おおめ》に見て遣《や》らうと思《おも》つたものを、お前《まえ》たちだけに義理《ぎり》がたく、死《し》ぬまで我慢《がまん》を為徹《しとお》したか。可哀相《かわいそう》に。……今更卑怯《いまさらひきょう》な事《こと》は謂《い》はない、己《おれ》を怨《うら》め、酒井俊蔵《さかいしゅんぞう》を怨《うら》め、己《おれ》を呪《のろ》へよ！

＊　＊

此《こ》の物音《ものおと》に、お蔦《つた》は又《また》ぱつちりと目《め》を瞬《みひら》いて、心細《こころぼそ》く、寂《さび》しげに、枕《まくら》を酒井《さかい》に擦《すり》寄《よ》せると……

「皆居《みんない》る、寂《さび》しくは無《な》いよ。然《しか》し何《ど》うだい。早瀬《はやせ》が来《き》たら、誰《だれ》も次《つぎ》の室《ま》へ行《い》つて貰《もら》つて、恁《こ》うやつて、二人許《ふたりばか》りで、言《い》ひたいことがあるだらう。致方《しかた》が無《な》い断念《あきら》めな。断念《あきら》めて——己《おれ》を早瀬《はやせ》だと思《おも》へ。世界《せかい》に二人《ふたり》と無《な》い夫《おっと》だと思《おも》へ。

＊　＊

念仏《ねんぶつ》も弥陀《みだ》も何《なんに》も要《い》らん、一心《いっしん》に男《おとこ》の名《な》を称《とな》へるんだ。早瀬《はやせ》と称《とな》へて袖《そで》に縋《すが》れ、胸《むね》を抱《だ》け、お蔦《つた》。……早瀬《はやせ》が来《き》た、此処《ここ》に居《い》るよ。」

と云《い》ふと、縋《すが》りついて、膝《ひざ》に乗《の》るのを、横抱《よこだ》きに頸《うなじ》を抱《だ》いた。

トつかまらうとする手《て》に力《ちから》なく、二三度《にさんど》探《さぐ》りはづしたが、震《ふる》へながら緊乎《しっかり》と、酒《さか》

井先生《いせんせい》の襟《えり》を摑《つか》んで、

「咽喉《のど》が苦《くる》しい、あゝ、呼吸《いき》が出来《でき》ない。素人《しろうと》らしいが、（と莞爾《にっこり》して、）口移《くちうつ》しに
薬《くすり》を飲《の》まして……」

酒井《さかい》は猶予《ため》らはず、水薬《みずぐすり》を口《くち》に含《ふく》んだのである。

がつくりと咽喉《のど》を通《とお》ると、気《き》が遠《とお》く成《な》りさうに、仰向《あおむ》けに恍惚《うっとり》したが、

「早瀬《はやせ》さん。」

「お蔦《つた》。」

「早瀬《はやせ》さん……」

「む、」

「先《せ》、先生《せんせい》が逢《あ》つても可《い》いつて、嬉《うれ》しいねえ！」

酒井《さかい》は、はら〳〵と落涙《らくるい》した。

解説　意識を取りもどした静岡の主税《ちから》のもとにはお蔦《つた》の病《やまい》の重さを伝える電報が届けられていた。それに対し、発病のため帰れない旨が道子たちによって返電

された。ただ、このとき主税は病気でなかったとしても帰らなかったのではないか。理由があるにせよ、彼はお蔦を裏切っていたからである。

こうした主税の事情など全く知らないまま、東京のめ組《ぐみ》の家では、死の床のお蔦をめぐる悲劇が展開されていく。め組とその妻のお増《ます》、小芳《こよし》、酒井と娘・妙子《たえこ》らが臨終のお蔦を看取《みと》るため集まっている。お蔦はお増に髪を芸妓《げいこ》島田《しまだ》に結ってもらい薄化粧さえしている。もちろん最愛の夫の主税にみてもらいたいがためである。しかし、この最後の場にも主税は帰ってこず不在のままである。ここで主税の代役として大芝居をするのがこの悲劇をひき起こしたとも言うべき酒井俊蔵《しゅんぞう》に他ならない。ヒーローとヒロインがついに会わないまま終わるのも新趣向だが、二人の仲を引き裂いた張本人がヒーローの代役をつとめるというのもきわめて斬新ではないか。

◇おとずれ　1

訳

「早瀬さん」と呼ぶお蔦《つた》の声が聞こえた気がし、自分の病室の前にちらりと女の姿が見えて、主税《ちから》は慌しく手洗いから駆けもどった。病室では、棚の上の水薬《みずぐすり》のびんにばさばさ当たるように真っ白い大きな蛾《が》が飛んでいた。主税がその蛾に近づくように、部屋に踏み込んだときである。

「私ですよー」と、確かにお蔦の声がした。

その、床の下に沈みこんでいくような声は、足元の一階の天井裏を走る電話線から漏れてくるような、夢から覚める間際に耳に残る声のような、はたまた耳でなく胸にだけ伝わるような、そんな声なのであった。そして、その声がしたとたん、蛾がすーっと落ちた。

このとき主税は、さっき手洗いの戸を開けようとしてひやりと感じ、今まで握りしめていたものが、細いしっぽのひらひら動く一匹のやもりであることに初めて気づいた。

気づくと同時に左のこぶしをはっと開くと、やもりは雫《しずく》のようにぽたりと床に落ちたが、足を踏んばったまま逃げようともしない。主税はこのやもりから目を離さないようにして棚の薬びんを取った。手を伸ばしすぎたはずみでよろけて片膝をつくと、そのまま薬びんを開け、たらたらとやもりに注ぎかけたのである。頭をもたげてこちらをにらんでいるかのようなやもりの目めがけて水薬は光りながらしたたっていった。

するとどうであろう。薬を浴びるやいなや、やもりはくるくると風車のように激しく回りだしたではないか。そしてみるみるうちに朱を流したように真っ赤になったかと思うと、ぶるぶると足を縮めてしまったのである。

このさまを、主税は、厳しい目つきで見つめていた。やがて、残った水薬を明かりに透かし、透明な液体のなかにけし粒ほどの泡がさぁーっと立ちのぼっているのを認めると、にやりとしながら「おもしれえ」と吐き捨てるように言った。つい一分前まで燃え狂う炎のように真っ赤だったやもりは、はや紫色に変わって青い腹を見せて床にこおりついている。主税は恐れ気もなくそのやもりをつまんでぶらさげ、薬びんといっしょに鼻紙にぐるぐる巻きに包むと、枕元の戸棚の奥の着がえのなかにつっこんだ。

ついでに、さっき落ちた蛾も拾おうとそこここを探したが、どうしたわけか蛾は影も形もないのであった。

棚には、今はもう飲んでいない処方の違う薬のびんが二本ばかり残っていたが、主税はそのうちの一本を手に取ると、力いっぱい床にたたきつけた。そしてガラスが粉々に飛び散るのには見向きもせず、勢いよくベッドに躍り上がって高あぐらを組むと、ぐっと力をこめ、廊下のほうをはったとにらみつけたのである。

「ばかなやつらだ！　俺を誰だと思ってやがる。」

こう啖呵《たんか》を切ると、ばたんとあおむけにひっくり返って毛布をかけた。そのまま、夜明けを告げる鶏の声をバックに大胆不敵ないびきをかいて、すやすやと眠りについたのである。

原文

爾時《そのとき》、蛾《ひとりむし》に向《むか》ふ如《ごと》く、衝《つ》と踏込《ふみこ》む途端《とたん》に、「私《わたし》ですよう引」と床《ゆか》に沈《しず》んで、足許《あしもと》の天井裏《てんじようら》に、電話《でんわ》の糸《いと》を漏《も》れたやうな、夢《ゆめ》の覚際《さめぎわ》に耳《みみ》に残《のこ》つたやうな、胸《むね》へだけ伝《つた》はるやうな、お蔦《つた》の声《こえ》が聞《きこ》えたと思《おも》ふと、蛾《ひとりむし》がハタと落《お》ちた。

はじめて心付《こころづ》くと、厠《かわや》の戸《と》で冷《つめた》く握《にぎ》つて、今《いま》まで握緊《にぎりし》めて居《い》た、左《ひだり》の拳《こぶし》に、細《ほそ》い尻尾《しつぽ》のひらひらと動《うご》くのは、一尾《いつぴき》の守宮《やもり》である。

はつと開《ひら》くと、雫《しずく》のやうに、ぽたりと床《ゆか》に落《お》ちたが、足《あし》を踏張《ふんば》つたまゝ、動《うご》きもせぬ。是《これ》に目《め》も放《はな》さないで、手《て》を伸《の》ばして薬瓶《くすりびん》を取《と》ると、伸過《のびす》ぎた身《み》の発奮《はず》みに、蹌《よ》踉《ろ》けて、片膝《かたひざ》を支《つ》いたなり、口《くち》を開《あ》けて、垂々《たらたら》と濺《そそ》ぐと——水薬《みずぐすり》の色《いろ》が光《ひか》つて、守宮《やもり》の頭《かしら》を擡《もた》げて睨《にら》むが如《ごと》き目《め》をかけて、滴《したた》るや否《いな》や、くる〳〵と風車《かざぐるま》の如《ごと》く烈《はげ》しく廻《まわ》るのが、見《み》る〳〵朱《しゆ》を流《なが》したやうに真赤《まつか》になつて、ぶる〳〵と足《あし》を縮《ちぢ》めるのを、早瀬《はやせ》は瞳《ひとみ》を据《す》ゑて屹《きつ》と視《み》た。

早瀬《はやせ》は其《そ》の水薬《すいやく》の残余《のこり》を火影《ほかげ》に透《す》かして、透明《とうめい》な液体《えきたい》の中《なか》に、芥子粒《けしつぶ》ほどの泡《あわ》の、風《かぜ》の如《ごと》くめぐる状《さま》に、莞爾《につこり》して、

「面白《おもしろ》い！」

と、投《な》げる様《よう》に言棄《いいす》てたが、恐気《おそれげ》も無《な》く、一分時《いつぷんじ》の前《まえ》は炎《ほのお》の如《ごと》く真紅《まつか》に狂《くる》つたのが、早《は》や紫色《むらさきいろ》に変《かわ》つて、床《ゆか》に氷《こおり》ついて、翻《ひるがえ》つた腹《はら》の青《あお》い守宮《やもり》を摘《つま》んで、ぶらりと提《さ》げて、鼻紙《はながみ》を取《と》つて、薬瓶《くすりびん》と一所《いつしよ》に、八重《やえ》にくる〳〵と巻《ま》いて包《つつ》むで、枕許《まくらもと》の其《そ》の置戸棚《おきとだな》の奥《おく》へ、着換《きがえ》の中《なか》へ突込《つつこ》んで、次手《ついで》に未《ま》だ、何《なに》か其処《そこ》等《ら》を探《さが》したのは、落《お》ちた蛾《ひとりむし》を拾《ひろ》はうとするらしかつたが、其《それ》は影《かげ》も無《な》い。

尚棚《なおたな》には、他《た》に二《ふた》つばかり処方《しよほう》の違《ちが》つた、今《いま》は用《もち》ゐぬ、同《おなじ》一薬瓶《くすりびん》があつた。其《そ》の一個《ひとつ》を取《と》つて、ハタと叩《たた》きつけると、床《ゆか》に粉々《こなごな》に成《な》るのを見向《みむ》きもしないで、躍上《おどりあが》るやうに勢込《いきおいこ》んで寝台《ねだい》に上《あが》つて、無手《むず》と高胡坐《たかあぐら》を組《く》んだと思《おも》ふと、廊下《ろうか》の方《ほう》を屹《きつ》と見《み》て、

「馬鹿《ばか》な奴等《やつら》！　誰《だれ》だと思《おも》ふ。」

と言《い》ふと斉《ひと》しく、仰向《あおむ》けに寝《ね》て、毛布《けつと》を胸《むね》へ。——鶏《とり》の声《こえ》を聞《き》きながら、大胆不敵《だいたんふてき》な鼾《いびき》で、すや〳〵と寝《ね》たのである。

解説

前章「蛍」では、お蔦《つた》は死の床についている。縁側には蛍かごが掛けられ、美しくはかない光を放っていた。酒井がそれを「厭《いや》な色だ」といってはずさせるのだが、それは古来、人の体からさまよいでた魂ともいわれてきた蛍の光が、お蔦のはかない生命を思わせたからに他あるまい。蛍の光はここで美しく悲しく読者の眼に映ずるはずであり、お蔦の死にふさわしい小道具として十分に機能している。

これに対して静岡の河野《こうの》病院では主税《ちから》が怪異現象に襲われていくわけで、対照的に不気味さが漂うシーンとなっている。それをきわ立たせるのが病室を飛ぶ白い蛾《が》であったり、赤から紫、青と色を変えながら死んでいくやもりであったりするのだ。

古代の人々は蝶《ちょう》や蛾を人の霊魂の化身と信じており、特に蛾は無残な死を遂げた者の霊魂の象徴であった。とすれば、ここで主税の眼前に現れた白い蛾は東京で死んだお蔦の霊魂と考えてもよいのではないか。この白い蛾は何か水薬についで主税に伝えようとするかのごとき乱舞をして忽然《こつぜん》と姿を消すのである。

これに暗示を受けたのか、主税は知らないうちに握りしめていたやもりを床に落とす。やもりは「守宮」もしくは「家守」とも表記するように、その家の守り主と信じられていた。だとすれば、河野病院にいるやもりは河野家の守り主に他ならないと言えよう。このやもりに主税は水薬をしたたらせる。と、やもりは激しく動き回ったあげく真っ赤になり、さらには紫色に変色して動きを止めるのだ。主税の水薬に何がしこまれていたかは一目瞭然であろう。と同時に、河野家を守るやもりを殺すという行為には、主税の河野一族への復讐《ふくしゅう》心の激しさも感じられるではないか。

河野病院の一夜の怪異はこのようにして終わるが、蛾ややもりの神話的、民俗学的意味やイメージを駆使し、河野病院の怪しさを読者の脳裏にやきつけていく力はさすがである。幻想作家・鏡花の筆力が顕在化した場であると言ってよい。

◇おとずれ　2

訳　「お嬢さん……。どうして来たんです？　誰と？　いつ？　どの汽車で？」

突然妙子《たえこ》の姿を見た主税《ちから》は、一息に矢継ぎ早に問いかける。

「今日、お昼ごろの汽車で。今こちらに着いたところよ。惣助《そうすけ》って魚屋さんといっしょに来たの。」

「え？　め組《ぐみ》と？　どうしてめ組をご存知なんです？」

「お蔦《つた》さんのことで……」

＊　＊

「さあ、私の髪の▼元結《もとゆい》を切ってちょうだい。早く。父さんも知ってるわ。大丈夫。」

ベッドの端にうしろ向きに腰かけた妙子が流し目ふうに主税を見たとき、主税の手はあやういほどに震えた。あまりにもだしぬけで主税には現実とは思えなかったが、いつしかナイフの先が妙子の元結をはじいていた。ゆらゆらと長い髪が垂れ、妙子が頭を振った瞬間、さっと薄雲のように乱れ流れた髪のなかから、一握りの黒髪がはらりと落ちる。

それを膝で受けとめた主税は、氷をあびたようにぞっとした。

「お蔦さんから頼まれたの。形見にあなたにあげてください、って。主税さん。」

妙子はむこう向きに、椅子《いす》の背もたれにつっぷした。抜いて手に持ったかんざしの花びらが激しく震え、その度にリボンを打った。

「もうその髪にしか会えないのよ。」

主税が右手に握りしめたお蔦の遺髪は燃えるように熱かった。一方、左手でそっと触れている妙子の髪はひんやりとしてしなやかであった。その髪は筒井筒《つついづつ》の幼いころからなじんだものだが、今ではもう背丈よりも長く伸びていた。事ここに至って、かえって腹のすわった主税は、落ちついた声で妙子に語りかけた。

「亡くなった者の髪の毛なんか、こんなことをして。とんでもない。先生がお許しになりましたか？　奥様がいいとおっしゃったんですか？　こんなものを、大切な頭に入れるなんて。ご出世前の大事なお体じゃありませんか。」

鶴亀《つるかめ》、鶴亀、と縁起なおしの文句を唱えながら、主税は貴いものに触れるように静かに妙子の艶のある髪をなでた。

「私、出世なんかしたくない！　髪結いさんにでも何にでもなるわ。」

妙子は勇ましく起きなおると、こう続けた。

「主税さん、父さんがね、病気がなおったら東京へ帰ってきなさいって。そしたら、あの……お蔦さんのお墓参りをしましょうね。」
▼元結　髪の毛を束ねている細いひも。

原文　「何《ど》うして来たんです。誰《だれ》と。貴女《あなた》。何時《いつ》。何《ど》の汽車《きしや》で。」と、一呼吸《ひといき》に慌《あわただ》しい。

「今日《きよう》の正午《おひる》の汽車《きしや》で、今来《いまき》たわ。惣助《そうすけ》ツて肴屋《さかなや》さんが一所《いつしよ》なの。」

「え丶、め組《ぐみ》がお供《とも》で。何《ど》うして彼《あれ》を御存《ごぞん》じですね。」

「お蔦《つた》さんの事《こと》よ、」

＊　＊

「お切《き》んなさいよ、さあ、早《はや》くよ。父上《とうさん》も知《し》つて居《い》てよ、可《い》いんだわ。」

と美《うつく》しく流眄《ながしめ》に見返《みかえ》つた時《とき》、危《あぶ》なく手《て》がふるへて居《い》た。小刀《ナイフ》の尖《さき》が、夢《ゆめ》の如《ごと》く、元結《もとゆい》を弾《はじ》くと、ゆら〳〵と下《さが》つた髪《かみ》を、お妙《たえ》が、はらりと掉《ふ》つたので、颯《さつ》と流《なが》れた薄雲《うすぐも》の乱《みだ》る、中《なか》から、弗《ふつ》と落《お》ちた一握《ひとにぎり》の黒髪《くろかみ》があつて、主税《ちから》の膝《ひざ》に掛《かか》つたのである。

早瀬《はやせ》は氷《こおり》を浴《あ》びたやうに悚然《ぞつ》とした。

「お蔦《つた》さんに託《ことづか》つたの。あの、記念《かたみ》にね、貴下《あなた》に上《あ》げて下《くだ》さいツて、主税《ちから》さん、」

と向《むこ》う状《ざま》に、椅子《いす》の凭《かかり》に俯伏《うつぶ》せに成《な》ると、抜《ぬ》いて持《も》つた簪《かんざし》の、花片《はなびら》が、リボンを打《う》つて激《はげ》しく揺《ゆ》れて、

「最《も》う其《そ》の他《ほか》には逢《あ》へないのよ。」

お蔦《つた》の記念《かたみ》の玉《たま》の緒《お》は、右《みぎ》の手《て》に燃《も》ゆるが如《ごと》く、ひや〳〵と練衣《ねりぎぬ》の氷《こお》れる如《ごと》き、筒井筒振分《つついづつふりわ》けて、丈《たけ》にも余《あま》るお妙《たえ》の髪《かみ》に、左手《ゆんで》を密《そつ》と掛《か》けながら、今《いま》はなか〳〵に胴据《どうすわ》つて、主税《ちから》は、もの言《い》ふ声《こえ》も確《たしか》に、

「亡《な》くなつたものの髪毛《かみのけ》なんぞ。……飛《と》んでも無《な》い。先生《せんせい》が可《い》い、とおつしやいましたか、奥様《おくさま》が可《い》い、とおつしやつたんですかい。こんなものをお頭《つむり》へ入《い》れて。御《ご》出世前《しゅつせまえ》の大事《だいじ》なお身体《からだ》ぢやありませんか。あゝ、鶴亀々々《つるかめつるかめ》。」

と貴《とうと》いものに触《さわ》るやうに、静《しずか》に其《そ》の緑《みどり》の艶《つや》を撫《な》でた。

「私《わたし》、出世《しゆつせ》なんかしたか無《な》いわ。髪結《かみゆい》さんにでも何《なん》にでも成《な》つてよ。」

と勇《いさ》ましく起直《おきなお》つて、

「父《とう》さんがね、主税《ちから》さん、病気《びようき》が治《なお》つたら東京《とうきよう》へお帰《かえ》んなさいツて、而《そう》して、あの、……お墓参《はかまいり》をしませうね。」

解説　病床の主税《ちから》のもとにかけつけた妙子《たえこ》は主税に思いもよらない申し出をする。小刀《ナイフ》で自らの髪の元結《もとゆい》を切らせるのである。亡くなったお蔦《つた》の遺髪を自らの髪に結いこめていた妙子には、主税のみならず読者も驚き、とまどうのではないだろうか。もちろん妙子がお蔦の形見を主税に手渡すまで大切にあずかろうとしていたことは十二分に感知できる。しかしお蔦の遺髪を自らの髪と一体化させる意味はどこにあるのだろうか。

妙子はもともと主税とは筒井《つつい》筒《づつ》の仲で、彼に深い愛情を抱いていることは間違いない。それが男女間の愛情とだけ限定できるかどうか不分明だが、お蔦を介在させることでかなり限定しうるのではないか。少なくとも妙子はお蔦を意識することで主税を男性として認識しえたと言ってよい。だから彼女はお蔦の遺志を自らの身体におびて主税の前に現れたのである。その彼女にはもはや怖いものなど何一つないと言ってよい。

◇日蝕《にっしょく》

粗筋

日蝕の日がやってきた。静岡では、ほぼ皆既日蝕らしい。河野《こうの》の一族は清水《しみず》港《みなと》の別荘に集まっていたが、女性たちは久《く》能山《のうざん》の上で、男性たちは久能の浜の船上で、日蝕を見物しようとくりだした。女性たちの一行には、主税《ちから》に強く引きとめられた妙子《たえこ》とめ組《ぐみ》の姿もあった。

久能山では、女性たちの到着に先立ち、主税と、河野家の統領・英臣《ひでおみ》が対峙《たいじ》していた。主税は英臣に、過日つきつけた要求を今一度繰り返すのであった。

明治時代の久能山
標高270m。1159段の石段をのぼると、久能山東照宮。
（徳川慶喜《よしのぶ》撮影　茨城県立歴史館蔵）

◇隼《はやぶさ》 1

訳

「第一！」

主税《ちから》の声が朗々と響いた。

「河野英臣《こうのひでおみ》さん、奥さんを離縁なさい。」

主税がこうした無礼極まる一言を浴びせたにもかかわらず、河野英臣はかえって物静かに問うた。

「なぜだ。」

「馬丁《べっとう》・貞造《ていぞう》とふしだらな関係を結び、道子さんを産んだからです。」

河野英臣は強いて落ち着いた様子を保ち、先をうながした。

「それから？」

「第二！　道子さんを、私にください。」

「何でじゃ？」

「私と思いあっているからです。」

「ううっ。」河野英臣は口のなかでうめきながらも、

「それから？」

「第三！　菅子《すがこ》さんを島山さんと離婚させ、引き取るのです。」

「どういうわけで？」

「私と一緒になる約束をしたからです。」

「誰じゃと？」

河野英臣は怒りを込めてぎょろりとにらんだが、主税はしゃあしゃあと答えた。

「この私とです。」

「なるほど。それから？」

「第四！　河野病院をつぶしておしまいなさい。」

「いかなるわけで？」

「道子さんのご主人、院長の医学士が、患者に毒を盛るからです。」

「たしか、まだあったのう。」

河野英臣は、落ち着きはらったものであった。

「河野家は、これほどまでに汚れ果てた家だと認めるのです。そして約束なさい。息子の嫁を選ぶとき、相手方の身分や家系図、人様が大切に育てた娘さんのことをあれこれ調べ尽くすような、けしからんまねはもうしません、と。同時に、河野一族の繁栄を図るために、娘たちを餌《えさ》にして婿《むこ》を釣るようなまねももうやめます、と。

そして何より、ドイツ文学者・酒井俊蔵《しゅんぞう》先生のお嬢さんに対して、身の程もわきまえずご無礼申しあげました、とおわびをしてもらいましょう。

これで、まぁ、河野家はめちゃめちゃ、あなたの唱える門閥《もんばつ》主義とやらもおしまいってわけさ。そこで、敗軍の大将のあなただが、あなたには安東村《あんどうむら》の貞造さんの馬小屋にでも引っこんでもらおうか。

私の要求は、ざっとこんなところだよ。」

主税はこう言い終えると、帽子でそよそよと胸元をあおいだ。

このときすでに日蝕《にっしょく》は始まっていた。油蟬《あぶらぜみ》が鳴きしきり、その鳴き声は山にしみ通っていくようだ。それは、欠けていく太陽をすべておおい隠さずにはおくものか、と戦いの神・阿修羅《あしゅら》があげる、すさまじい雄たけびを思わせた。その大音響のなかで、河野英臣は遂《つい》に声を荒らげた。

「それでもまともな人間のつもりか‼」

「ああ、どうかしているよ。だがな、実現不可能なことを言いたてているわけじゃないぜ。俺は、充分実現可能なことしかお願いしていない。その点では、いたってまともなつもりだよ。」

「そ、それで、わしがその要求をきかんときには、おまえ、ど、どうすると言っておったのう。」

河野英臣は、舌ももつれぎみとなり唇をわななかせてこう言うと、荒々しい息を吐いた。

「毒を混ぜられた、この水薬《みずぐすり》のびんを証拠に、ちと古風ではあるけれど、恐れながら、と訴えでようってんだ。そんなことにでもなりゃあ河野家は滅亡でしょうねえ。」

河野英臣はもう主税をののしるのがやっとだった。

「これではまるで騙《かた》りじゃのう。」

「騙りでけっこう。」

「おまえのしていることは強請《ゆすり》じゃぞ。」

「強請でけっこう。」

「それでも、おまえ、人間か。」

「人でなし、でしょうかねえ。」

「人にドイツ語を教える教師ともあろう者が。」

「いえいえ。」

「学者であろうが。」

「とんでもない。」

「酒井の弟子なんじゃろう。」

「静岡へ来てからは、もう先生の弟子じゃありませんよ。ただの騙りです。」

「なにぃ。開きなおるつもりか。」

「強請をはたらく人でなし。またの名を、河野家の敵《かたき》。」

「黙れ！」

と一喝した河野英臣は、虎《とら》のようにうなりながらステッキを握る手に力を込めた。

「この無礼者！　黙れ、小僧。」

「なんだと。おやじ。」

河野英臣は怒りに心身を燃えあがらせながらも、主税の迫力に気おされたか、振りおろしたステッキを思わず止めた。主税は恐れる様子もなく真正面から向かいあい、さわやかに、声高く笑ったのである。

「おい、俺の正体を何だと思う？　スリさ。スリなんだよ。▼浅草田んぼに住みついて、▼観音様のあたりまで羽をのばして稼ぎにでていた、隼《はやぶさ》の力《りき》たぁこの俺だ。あはははは。これからはそのつもりでつきあってくれ。

　よう、頼んだぜ、おやじ。」

▼浅草田んぼ　江戸期には町名がなく浅草田圃《たんぼ》と称していた地域で、明治時代に浅草区新谷町《しんたにまち》となる。現在の台東区《たいとう》西浅草や千束《せんぞく》のあたり。
▼観音様　浅草の浅草寺《せんそうじ》。

原文

「第一《だいいち》！」

と言《い》つた……主税《ちから》の声《こえ》は朗《ほがらか》であつた。

「貴下《あなた》の奥《おく》さんを離縁《りえん》なさい。」

一言亡状《いちげんぼうじよう》を極《きわ》めたにも係《かか》はらず、英臣《ひでおみ》は却《かえ》つて物静《ものしずか》に聞《き》いた。

「何為《なぜ》か。」

「馬丁貞造《べつとうていぞう》と不埒《ふらち》して、お道《みち》さんを産《う》んだからです。」

強《し》ひて言《ことば》を落着《おちつ》けて、

「それから、」

「第二《だいに》、お道《みち》さんを私《わたし》に下《くだ》さい。」

「何《なん》でぢや？」

「私《わたし》と、い、中《なか》です。」

「む、、」

と口《くち》の内《うち》で言《い》つた。

「それから、」

「第三《だいさん》、お菅《すが》さんを、島山《しまやま》から引取《ひきと》ってお了《しま》ひなさい。」

「何為《なぜ》な。」

「私《わたし》と約束《やくそく》しました。」

「誰《だれ》と？」

はたと目《め》を怒《いか》らすと、早瀬《はやせ》は澄《す》まして、

「私《わたし》とさ。」

「応《うむ》、其《それ》から？」

「第四《だいし》、病院《びょういん》をお潰《つぶ》しなさい。」

「何為《なぜ》かい。」

「医学士《いがくし》が毒《どく》を装《も》ります。」

「まだ有《あ》つた、なう。」と、落着《おちつ》いて尋《たず》ねた。

「河野家《こうのけ》の家庭《かてい》は、斯《かく》の如《ごと》く汚《けが》れ果《は》てた。……最早《もは》や、忰《せがれ》の嫁《よめ》を娶《と》るのに、他《ひと》の大《たい》切《せつ》な娘《むすめ》の、身分系図《みぶんけいず》などを検《しら》べるやうな、不埒《ふらち》な事《こと》はいたしますまい。又一門《またいちもん》の繁《はん》栄《えい》を計《はか》るために、娘《むすめ》どもを餌《えさ》にして、婿《むこ》を釣《つ》りますまい。

就中《なかんずく》、独逸《ドイツ》文学者《ぶんがくしや》酒井《さかい》俊蔵《しゆんぞう》先生《せんせい》の令嬢《れいじよう》に対《たい》して、身《み》の程《ほど》も弁《わきま》へず、無礼《ぶれい》を仕《つかまつ》りました申訳《もうしわけ》が無《な》い、とお詫《わ》びなさい。然《そ》うすりや大概《たいがい》、河野家《こうのけ》は支離滅裂《しりめつれつ》、貴下《あなた》の所謂《いわゆる》家族主義《かぞくしゆぎ》の滅亡《めつぼう》さ。其処《そこ》で敗軍《はいぐん》した大将《たいしよう》だ。貴下《あなた》は安東村《あんとうむら》の貞造《ていぞう》の馬小屋《うまごや》へでも引込《ひつこ》むんだ。雑《ざつ》と、まあ、是《これ》だけさ。」

と帽子《ぼうし》で、そよ〳〵と胸《むね》を煽《あお》いだ。

時《とき》に蝕《しよく》しつつある太陽《たいよう》を、弥《いや》が上《うえ》に蔽《おお》ひ果《はた》さむずる修羅《しゆら》の叫喚《さけび》の物凄《ものすさまじ》く響《ひび》くが如《ごと》く、油蟬《あぶらぜみ》の声《こえ》の山《やま》の根《ね》に染《し》み入《い》る中《なか》に、英臣《ひでおみ》は荒《あら》らかな声《こえ》して、

「発狂人《はつきようじん》！」

「あゝ、狂人《きちがい》だ、が、他《ほか》の気違《きちがい》は出来《でき》ないことを云《い》つて狂《くる》ふのに、此《こ》の狂気《きちがい》は、出《で》来《き》る相談《そうだん》をして澄《す》まして居《い》るばかりなんだよ。」

舌《した》もやゝ釣《つ》る、唇《くちびる》を蠢《うごめ》かしつつ、

「で、私《わし》が其《そ》の請求《せいきゆう》を肯《き》かんけりや、汝《きさま》、何《ど》うすツとか言《い》ふんぢやなう。」と、太《ふと》息《いき》を吐《つ》いたのである。

「此《こ》の毒薬《どくやく》の瓶《びん》を以《も》つて、些《ち》と古風《こふう》な事《こと》だけれど、恐《おそ》れながらと、遣《や》らうと云《い》ふのだ。其《それ》でも大概《たいがい》、貴下《あなた》の家《いえ》は寂滅《じやくめつ》でせうぜ。」

英臣《ひでおみ》は辛《かろ》うじて罵《ののし》り得《え》た。

「騙《かたり》ぢやなう、」

「騙《かたり》ですとも。」

「強請《ゆすり》ぢやが。汝《きさま》、」

「強請《ゆすり》ですとも。」

「其《それ》で汝人間《きさまにんげん》か。」

「畜生《ちくしよう》でせうか。」

「其《それ》でも独逸語《ドイツご》の教師《きようし》か。」

「否《いいえ》、」

「学者《がくしや》と言《い》はれようか。」

「何《ど》ういたしまして、」

「酒井《さかい》の門生《もんせい》か。」

「静岡《しずおか》へ来《き》てからは、そんな者《もの》ぢやありません。騙《かたり》です。」

「何《なに》、騙《かたり》ぢや、」

「強請《ゆすり》です。畜生《ちくしよう》です。而《そ》して河野家《こうのけ》の仇《あだ》なんです。」

「黙《だま》れ！」

と一喝《いつかつ》、虎《とら》の如《ごと》き唸《うなり》をなして、杖《ステツキ》を犇《ひし》と握《にぎ》つて、

「無礼《ぶれい》だ。黙《だま》れ、小僧《こぞう》。」

「何《なん》だ、小父《おじ》さん。」

と云《い》つた。英臣《ひでおみ》は身心《しんしん》ともに燃《も》ゆるが如《ごと》き中《なか》にも、思《おも》はず掉下《ふりおろ》す得物《えもの》を留《と》めると、
主税《ちから》は正面《しようめん》へ顔《かお》を出《だ》して、呵々《からから》と笑《わら》つて、

「おい、己《おれ》を、まあ、何《なん》だと思《おも》ふ。浅草田畝《あさくさたんぼ》に巣《す》を持《も》つて、観音様《かんのんさま》へ羽《は》を伸《の》すから、隼《はやぶさ》の力《りき》と綽名《あだな》アされた、掏摸《すり》だよ、巾着切《きんちやくきり》だよ。はゝ、是《これ》から其《そ》の気《き》で附合《つきあ》ひねえ、恁《こ》う、頼《たの》むぜ、小父《おじ》さん。」

解説

久能山《くのうざん》の山頂でくりひろげられる河野英臣《こうのひでおみ》と早瀬主税《ちから》の対決は、この長大な物語の最大のクライマックスであり、エンディングでもある。河野英吉《えいきち》の酒井妙子《たえこ》への求婚に端を発するこの物語は、登場する多くの女性たちを苦しめ、結果的には悲劇へと誘っていくようである。その動力となるのが主税の憤怒《ふんぬ》であり、それは河野一族の滅亡へとストレートに向けられていく。読者にとってはその主税の執念の源泉が不可解であり、謎のままであった。それがいよいよこの場面で全て明かされるのかと期待せずにはいられない。

主税は英臣にさまざまな要求をつきつけた後、自らの行為を騙《かた》り、強請《ゆすり》と認め、さらに元はと言えば「隼の力《はやぶさりき》」と異名をとったスリだと正体を明らかにする。隼はタカ目ハヤブサ科の鳥でカラスほどの大きさだが、飛翔力にすぐれ捕食力にたけている。古くから鷹狩《たかが》りに用いられたほどの鳥で、スリのあだ名としては讃辞に近いが、主税はいったいいつどのようにしてドイツ語学者に転身したのだろうか。

◇隼《はやぶさ》 2

訳 「俺が十二のときのことだ。その朝、俺はねぐらを出て、露のおりた林を抜け、浅草の▼奥山《おくやま》へ向かった。

＊ ＊

すりそこねてつかまった稲坂《いなさか》さんという人に真砂町《まさごちょう》の酒井先生のお宅へ連れていかれると、先生は学校へお勤めでお留守だった。が、さすが親友、稲坂さんはずかずか二階の書斎へ上がった。思いもかけず、俺もいっしょさ。おまけに、稲坂さんが『奥さん、こいつにも膳《ぜん》をお願いします』と言ってくだすって、俺にも同じように吸物つきの膳がでた。

それも、女中じゃねえ、酒井先生の奥様みずから据えてくだすったんだぜ。まだお若くて、ちりめんの羽織を着ていらしたっけ。その奥様に『遠慮しないで召しあがれ』と声をかけていただいたときにゃ、俺は初めてうれし泣きってものをした。

やがて酒井先生がお帰りになる。二の膳付きの二人分、四つ膳が並んだ端っこに見慣れねえ子供が座っているんだ。『誰だい？』とお聞きになる。稲坂さんに大声で『スリだよ』と言われた時だ。俺がきれいさっぱり足を洗う気になったのは。人並みに扱われたことがなかった分だけ情けが身にしみて、改心てやつをしちまったのよ。

稲坂さんが『ご苦労だったな。駄賃と祝儀だ。さあ』と、一円もくだすった。『酒が飲めないなら、飯にしてもらえ。それを食ったら、もう帰っていいぞ。今度からはもっと上手にやれ』とやさしい言葉までかけられて、俺は畳にかじりついて泣いちまった。

すると、何というもったいねえことだ。奥様は『親がいないのね』と、もらい泣きしてくださる。そのうえ先生が『今晩の飯を家で食って、明日の飯も家で食わないか？　隼《はやぶさ》といったな、酒井の籠《かご》で飼ってやろう』と言ってくだすったじゃねえか。

それから親鳥の先生の声をまねて、俺もドイツ語をさえずるようになったというわけさ。

河野《こうの》さん、世の中にゃ、俺のような者を養って育ててくれる人もいるんだぜ。それなのに、おまえさん方ときたら、何という情けねえ根性をしてやがるんだい。

かわいい娘たちをおとりにして、高給取りの婿《むこ》を招き寄せて、それで一族繁栄たぁ、あきれけえらあ。

娘たちは、たまたま運よく人間に生まれたんだぜ。しかもせっかく別嬪《べっぴん》に生まれついたんじゃねえか。それなのに、命がけの恋を、一生にたった一ぺんもさせないたぁどういうことだ。目も見えねえ鳥をしめ殺すようにやすやすと、何も知らねえ娘たちに婿をあてがって、さあ貞女になれ、良妻になれ、賢母になれ、と言ったって、手品じゃあるめえし、そううまくいくもんか。

その証拠に、見てみな。お宅の道子さんと菅子《すがこ》さん、学校や道学者がしたてあげた貞女か良妻か賢母か知らねえが、米の粉でこしらえてきれいな色をつけた▼糝粉《しんこ》細工《ざいく》みてえにもろいもんだ。俺の腕がちょっと触っただけで、二人ともわけなく落ちちまったじゃねえか。」

河野英臣《ひでおみ》は主税《ちから》の語るにまかせていたが、その目は赤く血走っていた。

▼奥山　浅草寺《せんそうじ》の裏一帯。見世物小屋が軒を連ね大道芸人が集まるなど、江戸期以来、庶民の行楽の地であった。
▼糝粉細工　道端の屋台で作りながら売っていた菓子。花や鳥、人などの形に作った。

原文

「己《おれ》が十二《じゅうに》の小僧《こぞう》の時《とき》よ。朝露《あさつゆ》の林《はやし》を分《わ》けて、塒《ねぐら》を奥山《おくやま》へ出《で》たと思《おも》ひねえ。

＊　＊

学校《がっこう》のお留守《るす》だつたが、親友《しんゆう》だから、づか〳〵と上《あが》つて、小僧《こぞう》も二階《にかい》へ通《とお》されたね。（奥《おく》さん、是《これ》にもお膳《ぜん》を下《くだ》さい。）と掏摸《すり》にも、同一《おんなじ》やうに、吸物膳《すいものぜん》。女中《じょちゅう》の手《て》には掛《か》けないで、酒井《さかい》さんの奥方《おくがた》ともあらう方《かた》が、未《ま》だ少《わか》かつた——縮緬《ちりめん》のお羽織《はおり》で、膳《ぜん》を据《す》ゑて下《くだ》すつて、（遠慮《えんりょ》をしないで召食《めしあが》れ、）と優《やさ》しく言《い》つて下《くだ》すつた時《とき》にや、己《おら》あ始《はじ》めて涙《なみだ》が出《で》たのよ。

先生《せんせい》がお帰《かえ》りなさると、四《よつ》ツ膳《ぜん》の並《なら》んだ末《すえ》に、可愛《かわい》い小僧《こぞう》が居《い》るぢやねえか。（何《なん》だい、）と聞《き》かれたので、法学士《ほうがくし》が大口《おおぐちあ》開いて（掏摸《すり》だよ。）と言《い》はれたので、弗《ふッ》つり留《や》める気《き》に成《な》つたぜ、犬畜生《いぬちくしよう》だけ、情《なさけ》には脆《もろ》いのよ。法学士《ほうがくし》が、（さあ、使賃《つかいちん》だ、祝儀《しゆうぎ》だ、）と一円出《いちえんだ》して、（酒《さけ》が飲《の》めなきや飯《めし》を食《く》つて最《も》う帰《かえ》れ、御苦労《ごくろう》だつた、今度《こんど》ツからもつと上手《じようず》に攫《や》れよ。）と言《い》はれて、畳《たたみ》に喰《くい》ついて泣《な》いて居《い》ると、（親《おや》がないんだわねえ、）と、勿体《もつたい》ねえ、奥方《おくがた》の声《こえ》がうるんだと思《おも》ひねえ。（晩《ばん》の飯《めし》を内《うち》で食《く》つて、翌日《あす》の飯《めし》を又内《またうち》で食《く》はないか、酒井《さかい》の籠《かご》で飼《か》つて遣《や》らう、隼《はやぶさ》。）と、それから親鳥《おやどり》の声《こえ》を真似《まね》て、今《いま》でも囀《さえず》る独逸語《ドイツご》だ。

世《よ》の中《なか》にや河野《こうの》さん、こんな猿《さる》を養《やしな》つて、育《そだ》てゝくれる人《ひと》も有《あ》るのに、お前《まえ》さん方《がた》は、まあ何《なん》と云《い》ふ、べらぼうな料簡方《りようけんかた》だい。

可愛《かわい》い娘《むすめ》たちを玉《たま》に使《つか》つて、月給高《げつきゆうだか》で、婿《むこ》を選《えら》んで、一家《いつけ》の繁昌《はんじよう》とは何事《なにごと》だらう。たま〳〵人間《にんげん》に生《せい》を受《う》けて、然《しか》も別嬪《べつぴん》に生《うま》れたものを、一生《いつしよう》に唯一度《たつたいちど》、生命《いのち》とはつりがへの、色《いろ》も恋《こい》も知《し》らせねえで、盲鳥《めくらどり》を占《し》めるやうに野郎《やろう》の懐《ふところ》へ捻込《ねじこ》んで、いや、貞女《ていじよ》になれ、賢母《けんぼ》になれ、良妻《りようさい》になれ、と云《い》つたつて、手品《てじな》の種《たね》を通《かよ》はせやしめえし、然《そ》うく、うまく行《ゆ》くものか。

見《み》たが可《い》い、惩《こ》う、己《おれ》が腕《うで》が一寸触《ちよいとさわ》ると、学校《がつこう》や、道学者《どうがくしや》が、新粉細工《しんこざいく》で拵《こしら》へた、貞女《ていじょ》も賢母《けんぼ》も良妻《りょうさい》も、ばた〳〵と将棊倒《しょうぎだお》しだ。」

英臣《ひでおみ》の目《め》は血走《ちばし》つた。


解説　ここで主税《ちから》がいかにしてスリからドイツ語学者へと大変身したかが明らかとなる。十二歳の頃から現在に到る主税の生の軌跡が一応は明白となるのである。特に酒井によってドイツ語学者へと転位したらしいことは読者の脳裏にくっきりと刻みこまれるわけで、主税が酒井俊蔵《しゅんぞう》やその家族をいかに大切に思っているかが十分に理解できるような告白となっている。中でも、スリの主税をとがめだてもせず、友人の酒井に托《たく》した稲坂《いなさか》という法学士の剛腹さは実に魅力的で、その輝きが酒井に反映し、いっそう彼の存在をきわ立たせていると言ってよい。

また、これまで存在感が薄かった酒井夫人・謹《きん》も主税の回想の中ではきわめて鮮やかで、おそらく彼が胸奥にしまいこんでいる母親像はこの謹であろうと思えるほどである。

こうした酒井一家を凌辱《りょうじょく》しようとしたからこそ、主税は河野《こうの》一族を許さないのであり、己の死を賭《と》して滅亡させようとするのである。

◇隼《はやぶさ》 3

訳「俺の言うことがうそだと思うなら、道子さんに聞いてみな。河野《こうの》病院の院長夫人でいるより、たとえ馬小屋暮らしでも、この早瀬と所帯がもちたいってよ。菅子《すがこ》さんにも聞いてみるがいいや。」

「何という、あくどいやつじゃ。」

ここでようやく一言、河野英臣《ひでおみ》は口を開いた。それにつれて動いたひげが、怒りからむくむくとわきでる黒い煙のようであった。

「あくどいのは承知の上よ。あくどいとわかってしたことを、あくどいと言われたって、びくともしねえ。偉い、とほめられりゃびっくりするがね。はじめからわかりきってることじゃねえか。今さら慌てることもなかろう。河野のような家風で婿《むこ》をもたせた娘たちと、色恋ざたになる位どんなにたやすいか誰でも知ってるぜ。女中を芝居に誘うほうがよっぽど難しいや。全然おっかよう、もうどうしようもねえんだから、そんなにいばるなよ。

なくないんだから。」

主税《ちから》は不敵な笑みを浮かべて言葉を続けた。

「もうそんなやぼな顔はしていねえで、俺の言うことを聞けというのに。おい、まだ驚かせることがあるぜ。河野家の幹を栄えさせる次なる一枝として、おめえさんが期待をかけている四番めの娘がいるだろう。ついこの間、夏休みで東京から帰ってきた……。その娘さんが、道子さんの亭主・河野病院の院長にけがされたよ。

おめえさんの奥さん、富子《とみこ》さんの計略だ。俺と道子さんとのことに感づいて嫉妬のあまり怒り狂った院長を説き伏せ、俺に毒を盛らせたのは大奥さんさ。その交換条件として、嫁入り前の四番めのお嬢さんを院長の自由にさせたんだ。俺の相棒の万太という、今は小使《こづかい》だが、もとは幼なじみのスリの仲間の手で、ちゃんと調べはついていら。

大奥さんがそんなひでえまねをしたのも、やっぱり家のためだろう？　河野家の体面を守るためだ。自分と馬丁《べっとう》・貞造《ていぞう》との過去のあやまちを知ってるうえに、道子さんを道ならぬ恋に走らせる、この俺を毒殺しようとしたんだ

よ。娘を一人、犠牲にしてまでな。俺が言うのはそこんところだ。子供より家を大切がる、残酷な親だという
のはよ。
なぜ手をついて懺悔《ざんげ》をしない？　悪かった、これからはかわいい娘を家の名声のためにつかうようなことは決していたしません、家柄を鼻にかけてよそ様の娘さんに無礼なこともいたしませんと誓ってしまわないんだよ。
かわいい娘を人身御供《ひとみごくう》にして、毒薬なんぞで俺を殺そうとしやがって。そんなことしてる暇があったら、頭をまるめて心から謝りやがれ！」

原文
己《おれ》が言《い》ふのが嘘《うそ》だと思《おも》つたら、お道《みち》さんに聞《き》いて見《み》ねえ。病院長《びょういんちょう》の奥様《おくさま》より、馬小屋《うまごや》へ入《へえ》つても、早瀬《はやせ》と世帯《しょたい》が持《も》ちたいとよ。お菅《すが》さんにも聞《き》いて見《み》ねえ。」
「不埒《ふらち》な奴《やつ》だ？」
と揺《ゆら》めいた英臣《ひでおみ》の髯《ひげ》の色《いろ》、口《くち》を開《あ》いて、黒煙《くろけむり》に似《に》た。

「不埒《ふらち》は承知《しょうち》よ。不埒《ふらち》を承知《しょうち》でした事《こと》を、不埒《ふらち》と言《い》ったたって怯然《びく》ともしねえ。豪《えら》い、と讃《ほ》めりや吃驚《びっくり》するがね。

今更慌《いまさらあわ》てる事《こと》はないさ、はじめから知《し》れて居《い》ら。お前《まえ》さんの許《とこ》のやうな家風《かふう》で、婿《むこ》を持《も》たした娘《むすめ》たちと、情事《いろごと》をするくらゐ、下女《げじょ》を演劇《しばい》に連出《つれだ》すより、もつと容易《たやす》いのは通相場《とおりそうば》よ。

恁《こ》う、最《も》う威張《いば》つたつて仕《し》やうがねえ。恐怖《おつかな》くは無《な》いと言《い》へば、」

と微笑《ほほえ》みながら、

「そんな野暮《やぼ》な顔《かお》をしねえで、よく言《い》ふことを聞《き》け、と云《い》ふに。——おい、未《ま》だ驚《おどろ》く事《こと》があるぜ。最《も》う一枝《ひとえだ》、河野《こうの》の幹《みき》を栄《さかえ》さうと、お前《まえ》さんが頼《たの》みにして居《い》る、四番目《よばんめ》の娘《むすめ》だがね、つい、此《こ》の間《あいだ》、暑中休暇《しょちゅうきゅうか》で、東京《とうきょう》から帰《かえ》つて来《き》た、手入《てい》らずの嬢《じょう》さんは、医学士《いがくし》にけがされたぜ。

己《おれ》に毒薬《どくやく》を装《も》らせたし、ばれかゝつたお道《みち》さんの一件《いっけん》を、穏便《おんびん》にさせるために、大奥方《おおおくがた》の計《はか》らひで、院長《いんちょう》に押附《おツつ》けたんだ。己《おれ》と合棒《あいぼう》の万太《まんた》と云《い》ふ、幼馴染《おさななじみ》の掏摸《すり》の夥間《なかま》が、丁《ちゃん》と材料《たね》を上《あ》げて居《い》ら。

矢張《やっぱ》り家《いえ》の為《ため》だらう。河野家《こうのけ》の名誉《めいよ》のために、旧悪《きゅうあく》を知《し》つてる上《うえ》、お道《みち》さんと不《ふ》都合《つごう》した、早瀬《はやせ》と云《い》ふ者《もの》を毒殺《どくさつ》しようと、娘《むすめ》を一人傷物《ひとりきずもの》にしたんぢやないか。其処《そこ》を言《い》ふのだ。児《こども》よりも家《いえ》を大切《たいせつ》がる残酷《ざんこく》な親《おや》だと云《い》ふのは、よ。何故手《なぜて》をついて懺悔《ざんげ》をしない。悪《わる》かつた。是《これ》からは可愛《かわい》い娘《むすめ》を決《けつ》して名聞《みょうもん》のためには使《つか》ひますまい。家柄《いえがら》を鼻《はな》にかけて他《ひと》の娘《むすめ》に無礼《ぶれい》も申掛《もうしか》けますまい、と恐入《おそれい》つて了《しま》はないよ。小児一人犠牲《こどもひとりにえ》にして、毒薬《どくやく》なんぞ装《も》らないでも、坊主《ぼうず》になつて謝《あやま》んねえな。」

解説　主税《ちから》の告白は河野家《こうの》の犯罪に及んでゆく。主税の水薬《みずぐすり》に毒を入れて彼を殺そうと企てたのは河野家の誰なのかが明らかにされるのである。この証拠を握っているのは主税のもとで小使《こづかい》を務める万太であるらしいが、読者にはほとんど情報がなく、ただ主税の告発を信ずるしかない。物語のクライマックスであるにもかかわらず、驚くべき事実が主税の一方的な語りによって展開されるだけで読者としてはただ唖然《あぜん》とするばかりである。

陰謀のいっさいは英臣《ひでおみ》夫人の富子《とみこ》に発しており、彼女はかつての自らの不倫を知った主税を殺害するため、主税と道子の仲に嫉妬した院長・理順《りじゅん》を利用した。彼女は理順に四女・操子《みさこ》をあてがうことまでして彼を計画に参加させたらしい。

この主税の告発は確かにすさまじく衝撃的だが、あまりに唐突すぎていささか説得力に欠けると言わざるを得ないのではないか。

◇隼《はやぶさ》4

訳

主税《ちから》は表情一つ動かさずになおも続けた。

「それにおめえさん、何と言った？　この間、病院で、要求を並べる前に、念のため聞いたときだよ。

どうしても英吉《えいきち》君の嫁にほしいとおっしゃる私の恩師のお嬢さん、妙子《たえこ》さんは、実は柳橋《やなぎばし》の芸者の子ですが、それでもさしつかえありませんか、と尋ねたら、おめえさん、とんでもないという顔をしてこう言ったな。『言語道断じゃ。そんないやしい素性の娘なら、たとえ英吉がこがれ死《じに》しようとも、私たち両親が許しはせん。家名にかかわる』となる。

おめえたちに限らず世間にゃあ、そういう嘆かわしいやつらがあふれてら。俺は、そんなやつらに、いっぺん思い知らせてやりてえのよ。大事な妙子お嬢さんにふざけたまねをした河野《こうの》一族をみせしめにするのはこういうわけだ。

初めからまとまりっこねえ縁談だからいいけれど、もしこれが、酒井先生も許し、お嬢さんも好いた男だったらどうする？　いざ結婚というときになって、くだらねえ系図調べなんぞされて、芸者の子だというだけで、破談にでもなった日にゃあ、先生ご夫妻もお嬢さんもどんな思いをなさることか。俺はそれを思うとたまらねえ。

誰も人並みにはつきあっちゃくれねえ札つきのスリだったこの俺を、一人前に育ててくだすったうえ、惚《ほ》れているなら大切なお嬢さんと一緒にしてやろう、とまで言ってくだすった先生と奥様。

スリの俺と顔を並べて、二人でえせ道学者の坂田礼之進《れいのしん》たちを見返してやろう、と言ってくだすった江戸っ子の妙子お嬢さん。

俺だって、精一杯のご恩返しをしなきゃならねえ。二つあったら二つとも、この方たちにあげたい命だ。一つ捨てるくらい、お安い御用さ。

＊　＊

おめえさん、さぞ悔しかろうなあ。殴りたければ殴れ。殺したければ殺しなよ。義理のために死ぬような道理をわきまえた俺じゃねえが、妙子お嬢さんにさしあげた命だ。お嬢さんのために死ぬなら本望よ。道子さんや菅子《すがこ》さんにも、死ねば申し訳が立つしなあ。

なあに、ちっとも寂しいことはねえ。女房のお蔦《つた》が、先にいって待ってらあ。

お蔦と二人で毒蛇になって、あの世から、かわいい妙子お嬢さんをお守りする覚悟よ。知らねえか。竜宮の珠《たま》ってやつはな、そのまわりを恐ろしい竜がいくめぐりもして守っているんだ。そして、珠の持ち主としてふさわしくねえやつがみだりに近づこうものなら、呪《のろ》い殺してしまうんだとよ。

呪われた、そう、呪われたと思うんだな。妙子さんにちょっかいをだした罰だ。おめえたち河野一族は、俺に呪われたんだよ。」

何か巨大な怪物が迫ってきたかと思うほど、海面がさっと暗くなった。膝に手をおいた主税は海のほうへ顔を向け、海底の竜宮で珠を守るという竜の姿を追い求めるかのような表情を見せた。日蝕《にっしょく》の進む、何ともいいようのない、まがまがしい光のなかで、早瀬主税は、いや隼《はやぶさ》の力《りき》は、哲学者のごとき相貌《そうぼう》でたたずんでいたのである。

河野英臣《ひでおみ》は、微動だにしない苔《こけ》むした岩のようにおし黙った。

一声高く雉子《きじ》が鳴く。久能山《くのうざん》は完全に暗くなった。

　このときちょうど、河野家の女性たちの一行が山頂に到着した。▼勘助井戸《かんすけいど》の底に映る星をのぞくんだ、とはしゃいで、まっ先にぴょんぴょん登ってきたのは五女の絹子である。続いて一人また一人と姿を見せたが、あたりが暗いのではっきりとは見えず、絶世の美女たちの霊がさまようかのようであった。

　そのときである。河野英臣は、前々から用意していたとみえ、すばやく内ポケットからピストルを取りだすと、ぴたと主税の胸に狙いを定めた。危い！　と、め組《ぐみ》が河野英臣にとびついたが、あえなくはねとばされて転んだ。しかし、この絶体絶命の主税のもとへ、道子と菅子が一目散に駆け寄ったのである。一人は背中へ、もう一人は胸へ、ひしとすがりつき、我が身を盾として主税をかばうのであった。

　この事態に、河野英臣は三人から目をそむけてため息をついたが、たちまちピストルを富子《とみこ》夫人に向けなおし、発射した。夫人はどうと倒れた。次の瞬間、この傲慢な河野家の統領・英臣は、立ちのぼる硝煙と隠れてしまった太陽を仰ぎながら自らの頭を撃ち抜いたのである。

道子と萱子は、抱きあって目を見交わすと、崖《がけ》から身を投げた。二人は、途中つる草などに引っかかりながらも、まっさかさまに落ちていった。美しい姉妹が最後に人々に焼きつけた光景は、この世が滅ぶとき海の底で砕け散る珊瑚《さんご》のようだ、と思わせるようなものであった。

そのとき、遥か沖に、光のささない真昼に突如出現した星のように、空と海面とをつなぐ白帆が見え始めた。それは、道子や萱子の夫たちが乗る船であったが、二人のなきがらを思わせるものでもあった。主税は小手をかざして眺めつつ、妙子の目には触れさせまいとするのだった。

その夜、清水港《しみずみなと》の旅館では、かつて幼いころ「おじいさんは山へ柴刈りに……」と昔話をして寝かしつけたように、主税が妙子の受けたショックをなんとかして紛らわそうと努めていた。やがて妙子がすやすやと眠ったのを見届けると、主税はお蔦の黒髪を胸に抱いて、思い切りよく毒をあおぎ果てたのである。

▼勘助井戸　武田信玄の家来・山本勘助が掘ったと伝えられる井戸。駿河《するが》に攻め入

った信玄は、この地に久能山《くのうさん》城を築いた。

原文　面《おもて》も触《ふ》らず言《ことば》を継《つ》ぎ、

「其《それ》に、お前《まえ》さん何《なん》と云《い》った。――此《こ》の間《あいだ》も病院《びょういん》で、此《こ》の掛合《かけあい》をする前《まえ》に、念《ねん》のために聞《き》いた時《とき》だ。――

断《た》って英吉君《えいきちくん》の嫁《よめ》に欲《ほ》しいとお言《い》ひなさる、私《わっし》が先生《せんせい》のお妙《たえ》さんは、実《じつ》は柳橋《やなぎばし》の芸者《げいしゃ》の子《こ》だが、其《それ》でも差支《さしつか》へは無《な》いのですか、と尋《たず》ねたら、お前《まえ》さん、以《もっ》ての外《ほか》な顔《かお》をして、いや、途方《とほう》もない。そんな賤《いや》しい素性《すじょう》の者《もの》なら、譬《たと》へ英吉《えいきち》が其《そ》の為《ため》に、憧《こが》れ死《じに》をしようとも、己《おれ》たち両親《りょうしん》が承知《しょうち》をせん。家名《かめい》に係《かか》はる、と云《い》ったらう。

慿《こ》う、お前《めえ》たちにや限《かぎ》らねえ。世間《せけん》にや然《そ》うした情無《なさけね》え了簡《りょうけん》な奴《やつ》ばかりだから、そんな奴等《やつら》へ面当《つらあて》に、河野《こうの》の一家《いっけ》を鎗玉《やりだま》に挙《あ》げたんだ。

はじめから話《はなし》にならねえ縁談《えんだん》だから可《い》いけれど、是《これ》が先生《せんせい》も承知《しょうち》の上《うえ》、嬢《じょう》さんも好《す》いた男《おとこ》で、いざ、と云《い》ふ時《とき》、然《そ》でねえ系図《けいず》しらべをされて、芸者《げいしゃ》の子《こ》だと云《い》ふださうと云《い》つた江戸児《えどツこ》のお嬢《じよう》さんに、一式《いつしき》の恩返《おんがえ》し、二《ふた》ツあつても上《あ》げたい命《いのち》を、一《ひと》ツ棄《す》てるのは安価《やす》いものよ。

生御夫婦《せいごふうふ》のお志《こころざし》。掏摸《すり》の野郎《やろう》と顔《かお》をならべて、似而非道学者《えせどうがくしや》の坂田《さかた》なんぞを見返《みかえ》

上《うえ》、大切《たいせつ》な嬢《じよう》さんに惚《ほ》れて居《い》るなら添《そ》はして遣《や》らう、とおつしやつて下《くだ》すつた、先《せん》

己《おい》ら其《それ》を思《おも》ふから、人間並《にんげんなみ》にや附合《つきあ》へねえ肩書《かたがき》つきの悪丁稚《あくでつち》を、一人前《いちにんまえ》に育《そだ》てた

けで、破談《はだん》にでもなつた時《とき》の、先生御夫婦《せんせいごふうふ》、お嬢《じよう》さんの心持《こころもち》はどんなだらう。

＊　＊

お前《まえ》さん、嘸口惜《さぞくやし》からう。打《ぶ》ちたくば打《ぶ》て、殺《ころ》したくば殺《ころ》しねえ、義理《ぎり》を知《し》つて

死《し》ぬやうな道理《どうり》を知《し》つた己《おれ》ぢやねえが、嬢《じよう》さんに上《あ》げた生命《いのち》だから、其生命《そのいのち》を棄《す》て

るので、お道《みち》さんや、お菅《すが》さんにも、言訳《いいわけ》をするつもりだ。死《し》んでも寂《さび》しい事《こと》はねえ、

女房《にようぼう》が先《さき》へ行《い》つて待《ま》つて居《い》ら。

お蔦《つた》と二人《ふたり》が、毒蛇《どくじや》に成《な》つて、可愛《かわい》いお妙《たえ》さんを守護《しゆご》する覚悟《かくご》よ。見《み》ろ、あの竜《りゆう》

宮《ぐう》に在《あ》る珠《たま》は、悪竜《あくりゆう》が絡《まと》ひ繞《めぐ》つて、其器《そのうつわ》に非《あら》ずして濫《みだ》りに近《ちか》づく者《もの》があると、呪殺《のろいころ》

すと云《い》ふぢやないか。

呪詛《のろ》はれたんだ、呪詛《のろ》はれたんだ。お妙《たえ》さんに指《ゆび》を差《さ》して、お前《まえ》たちは呪詛《のろ》はれたんだ。」

と膝《ひざ》に手《て》を置《お》き、片面《はんおもて》を、怪《あや》しきものの走《はし》るが如《ごと》く颯《さ》と暗《くら》くなつた海《うみ》に向《む》けて、蝕《しょく》ある凄《すご》き日《ひ》の光《ひかり》に、水底《みなそこ》の其《そ》の悪竜《あくりゅう》の影《かげ》に憧《あこが》るゝ面色《おももち》した時《とき》、隼《はやぶさ》の力《りき》の容貌《ようぼう》は、却《かえっ》て哲学者《てつがくしゃ》の如《ごと》きものであつた。

英臣《ひでおみ》は苔蒸《こけむ》せる石《いし》の動《うご》かざる如《ごと》く緘黙《かんもく》した。

一声高《ひとこえたか》らかに雉子《きじ》が啼《な》くと、山《やま》は暗《くら》くなつた。

勘助井戸《かんすけいど》の星《ほし》を覗《のぞ》かうと、末《すえ》の娘《むすめ》が真先《まっさき》に飜然《ひらり》と上《あが》つて、続《つづ》いて一人々々《ひとりひとり》、名《な》ある麗人《れいじん》の霊《れい》の如《ごと》く朦朧《もうろう》として露《あら》はれた途端《とたん》に、英臣《ひでおみ》は予《かね》て其《そ》の心構《こころがま》へをしたらしい、矢庭《やにわ》に衣兜《かくし》から短銃《ピストル》を出《だ》して、衝《つ》と早瀬《はやせ》の胸《むね》を狙《ねら》つた。あはやと抱《いだ》き留《と》めた惣助《そうすけ》は刎倒《はねたお》されて転《ころ》んだけれども、渠危《かれあやう》し、と一目《ひとめ》見《み》て、道子《みちこ》と菅子《すがこ》が、身《み》を蔽《おお》ひに、背《せな》より、胸《むね》より、犇《ひし》と主税《ちから》を庇《かば》つたので、英臣《ひでおみ》は、面《おもて》を背《そむ》けて嘆息《たんそく》し、忽《たちま》ち狙《ねらい》を外《そ》らすや否《いな》や、大夫人《だいふじん》を射《い》て、倒《たお》して、硝薬《しょうやく》の煙《けむり》とともに、蝕《しょく》する日《ひ》の面《おもて》を仰《あお》ぎつつ、這《こ》の傲岸《ごうがん》なる統領《とうりょう》は、自《みず》から其《そ》の脳《のう》を貫《つらぬ》いた。

抱合《だきあ》つて、目《め》を見交《みか》はして、姉妹《きょうだい》の美人《たおやめ》は、身《み》を倒《さかさま》に崖《がけ》に投《とう》じた。あはれ、蔦《つた》に蔓《かずら》に留《とど》まつた、道子《みちこ》と菅子《すがこ》が色《いろ》ある残懐《なごり》は、滅《ほろ》びたる世《よ》の海《うみ》の底《そこ》に、珊瑚《さんご》の砕《くだ》けしに異《こと》ならず。

折《おり》から沖《おき》を遥《はるか》に、光《ひかり》なき昼《ひる》の星《ほし》よと見《み》えて、天《てん》に連《つらな》つた一点《いってん》の白帆《しらほ》は、二人《ふたり》の夫《おっと》等《ら》の乗《の》れる船《ふね》にして、且《か》つ死骸《なきがら》の俤《おもかげ》に似《に》たのを、妙子《たえこ》に隠《かく》して、主税《ちから》は高《たか》く小手《こて》を翳《かざ》した。

其夜《そのよ》、清水港《しみずみなと》の旅店《りょてん》に於《おい》て、爺《じじい》は山《やま》へ柴苅《しばかり》に、と嬢《じょう》さんを慰《なぐさ》めつつ、其《そ》のすや〳〵と寐《ね》たのを見《み》て、お蔦《つた》の黒髪《くろかみ》を抱《いだ》きながら、早瀬《はやせ》は潔《いさぎよ》く毒《どく》を仰《あお》いだのである。

解説　この長大なドラマもここでエンディングとなるが、まず河野英臣《こうのひでおみ》が妻の富子《とみこ》をピストルで射殺し、自らも同じように死を選ぶ。さらに河野家の美貌《びぼう》の長女と次女、道子と菅子《すがこ》が共に主税《ちから》を父の兇弾《きょうだん》からかばったあげく、久能山《くのうざん》の崖《がけ》から海へと身を投じてしまうのだ。日蝕《にっしょく》と重なりあうようにして起こったこの河野家崩壊の悲劇を読者としてどう受け止めるべきなのか。

こうした河野一族の無残な死に対して、それを引き起こした当の主税が無傷であろうはずがない。彼もまた毒を仰いで死を選び、いっさいの幕がおりる。この彼の死は読者の予想通りとも言えるのだが、こうした多くの登場人物の死によってドラマが終わるという方法は、はたして読者を十分に納得させるだけの説得力を有しているのだろうか。妙子《たえこ》だけが聖少女として美化されて終わるようだが、はたしてそれが物語の主調音だったのだろうか。

★コラム　主税《ちから》の遺書

訳　主税の遺書は、酒井先生宛てと河野英吉《こうのえいきち》宛《あ》てと二通あった。

そのうち、文学士・河野に宛てたのは次のようなものであった。

英吉君。令妹・島山夫人菅子《すがこ》さんが、君の縁談のために、その知性と美しさで僕をとりこにしようとしたのは事実だ。また、人にさからうということのない姉上・道子さんの性格をいいことに一計を案じ、僕自ら道子さんの気を引いたことも事実というほかない。けれども、お二人の貞操はいささかも傷つけていない。どちらとも、互いにただ心のなかで思いあっていただけで、言葉にさえもしていないのだ。お二人は、以前と変わらぬ、上品で貞淑な女性のままだ。どうか信じてくれ。

特に言っておかねばならないのは御母上のことだ。馬丁《ばてい》と関係したなどというのは、よくある下劣な噂《うわさ》話にすぎなかった。事実でないことがわかって、正直僕は、最初の目的が達せられないと落胆した。が、幸か不幸か、浅《せん》間《げん》神社で出会った病人が偶然貞造《ていぞう》という名であったことを利用し、芝居をうって姉上・道子さんを誘いだすことに成功したのだ。

以上のことからわかるように、四番めの妹さんのことはもとより、僕が毒を盛られたというのも、根も葉もないつくりごとだ。毒薬は、深夜、蛾《が》が灯のなかに落ちたのを見て思いつき、仲間の万太に調達させた。それを自分で水薬《みずぐすり》のびんに入れ、君の御父上を脅迫するのに使ったのだ。

不義や毒殺といった、たとえ親子、夫婦など最も親しい間柄でも、なかなか口に出しては確かめられないような事件をいくつもでっちあげ、僕は突如として河野家に襲いかかった。

僕はスリだ。狙った相手に対しては、あらゆる陰謀をめぐらすことに初めから何のためらいも覚えなかった。臨機応変の策略で河野家の方々を陥れるようなこともした。河野家の内部に入りこんで混乱を引き起こし、仲間割れをはかろうともした。

もともと僕の狙いは、君が家系門閥《もんばつ》に抱いている絶対的な誇りに、ほんの少し疑問をさしはさませることだった。氏素性《うじすじよう》の知れない僕のような者にも歩み寄る姿勢を見せてほしかったのだ。

要するにただそれだけのことだったから、久能山《くのうざん》での悲劇はまったく予想外だった。僕は、君の御父上が、一時の激情のために左右をちょっと見回すだけの余裕も失ってしまわれたことが残念でならない。ともに、一点のくもりも許さない、清冽《せいれつ》で厳格なお人柄に深く敬意を表する次第だ。

英吉君、もしできるなら、僕の願いを心にとめ、より清く美しい、新しい河野家を築いてくれ。人間は、金銭や名誉のためにではなく、人の心意気に感じて生きていくものではなかろうか……。

河野英吉宛ての主税の遺書には、およそこのようなことが認《したた》められていた。一族の栄華という野望に目がくらんで、自分自身の生き方と学者としてのあり方とを見失っていた英吉は、日蝕《につしよく》後の太陽とともによみがえった。心から主税の言葉に耳を傾けようとする英吉の頭は冴《さ》えわたり、目はきらきらと輝いたのである。

原文

早瀬《はやせ》の遺書《いしょ》は、酒井先生《さかいせんせい》と、河野《こうの》とに二通《につう》あつた。

其《そ》の文学士《ぶんがくし》河野《こうの》に宛《あ》てたは。——英吉君《えいきちくん》……島山夫人《しまやまふじん》が、才《さい》と色《いろ》とを以《もつ》て、君《きみ》の為《ため》に早瀬《はやせ》を擒《とりこ》にしようとしたのは事実《じじつ》である。又我自《またわれみず》から、道子《みちこ》が温《おん》良優順《りようゆうじゆん》の質《しつ》に乗《じよう》じて、謀《はか》つて情《じよう》を迎《むか》へたのも事実《じじつ》である。けれども、其《そ》の孰《いずれ》の操《みさお》をも傷《きずつ》けぬ。双互《そうご》に唯《た》だ黙会《もつかい》したのに過《す》ぎないから、乞《こ》ふ、両位《りようい》の令《れい》妹《まい》のために、其《そ》の淑徳《しゆくとく》を疑《うたが》ふことなかれ。特《とく》に君《きみ》が母堂《ぼどう》の馬丁《ばてい》と不徳《ふとく》の事《こと》の如《ごと》きは、あり触《ふ》れた野人《やじん》の風説《ふうせつ》に過《す》ぎなかつた。——事実《じじつ》でないのを確《たしか》めたに就《つ》いて、我《わ》が最初《さいしよ》の目的《もくてき》の達《たつ》しられないのに失望《しつぼう》したが、幸《こう》か、不幸《ふこう》か、浅間《せんげん》の社頭《しやとう》で逢《あ》つた病者《びようしや》の名《な》が、偶然貞造《ぐうぜんていぞう》と云《い》ふのに便《たよ》つて、狂言《きようげん》して姉夫《あねふ》人《じん》を誘出《おびきだ》し得《え》たのであつた。従《したが》つて、第四《だいし》の令妹《れいまい》の事《こと》は固《もと》より、毒薬《どくやく》の根《ね》も葉《は》もないのを、深夜《しんや》蛾《ひとりむし》が灯《ともしび》に斃《お》ちたのを見《み》て、思《おも》ひ着《つ》いて、我《わ》が同類《どうるい》の万太《まんた》と謀《はか》つて、渠《かれ》をして調《ととの》へしめた毒薬《どくやく》を、我《わ》が手《て》に薬《くすり》の瓶《びん》に投《とう》じて、直《ただ》ちに君《きみ》の家厳《かげん》に迫《せま》つた。

不義《ふぎ》、毒殺《どくさつ》、たとへば父子《ふし》、夫妻《ふさい》、最親至愛《さいしんしあい》の間《あいだ》に於《おい》ても、其《そ》の実否《じつぷ》を正《ただ》すべく、是《これ》を口《くち》にすべからざる底《てい》の条件《じようけん》を以《もつ》て、咄嗟《とつさ》に雷発《らいはつ》して、河野家《こうのけ》の家庭《かてい》を襲《おそ》つたのである。私《わたし》は掏《す》賊《り》だ、はじめから敵《てき》に対《たい》しては、機謀権略《きぼうけんりやく》、反間苦肉《はんかんくにく》、有《あら》ゆる辣手段《らつしゆだん》を弄《ろう》して差支《さしつか》へないと信《しん》じた。

要《よう》は唯《ただ》、君《きみ》が家系門閥《かけいもんばつ》の誇《ほこり》の上《うえ》に、一部《いちぶ》の間隙《かんげき》を生《しよう》ぜしめて、氏素性《うじすじよう》、恪《かく》の如《ごと》き早瀬《はやせ》の前《まえ》に幾分《いくぶん》の譲歩《じようほ》をなさしめむ希望《きぼう》に過《す》ぎなかつたに、思《おも》はざりき、久能山上《くのうさんじよう》の事《こと》あらむとは。我《われ》は偏《ひとえ》に、君《きみ》の家厳《かげん》の、左右一顧《さゆういつこ》の余裕《よゆう》のない、一時《いちじ》の激怒《げきど》を惜《おし》むとともに、清冽一塵《せいれついちじん》の交《まじ》るを許《ゆる》さぬ、峻厳《しゆんげん》なる其《そ》の主《しゆ》義《ぎ》に深大《しんだい》なる敬意《けいい》を表《ひよう》する。

英吉君《えいきちくん》、能《あた》ふべくは、我意《わがい》を体《たい》して、より美《うつくし》く、より清《きよ》き、第二《だいに》の家庭《かてい》を建設《けんせつ》せよ。人生意気《じんせいいき》を感《かん》ぜずや――云々《うんぬん》の意《い》を認《したた》めてあつた。

門族《もんぞく》の栄華《えいが》の雲《くも》に蔽《おお》はれて、自家《じか》の存在《そんざい》と、学者《がくしや》の独立《どくりつ》とを忘《わす》れて居《い》た英《えい》吉《きち》は、日蝕《につしよく》の日《ひ》の、蝕《しよく》の晴《は》るゝと共《とも》に、嗟嘆《さたん》して主税《ちから》に聞《き》くべく、其《そ》の頭脳《ずのう》は明《あきらか》に、其眼《そのまなこ》は輝《かがや》いたのである。

解説

この早瀬主税の遺書は、『婦系図』がやまと新聞に連載された時点では、なかった。春陽堂から単行本化された時、後篇の末尾に新しく付け加えられたのである。
河野夫人・富子と貞造の不義、それに伴う道子の出生の秘密、道子や菅子と主税との関係、主税を毒殺しようとした計画など全てを否定しつくした告白であった。これは驚くべき遺書であり、読者はほとんど茫然とならざるを得ないのではなかろうか。これまで読んできたストーリーそれ自体を完璧に無化しさるような告白に他ならないわけで、これでは作者鏡花に不信の念を抱いたとしても当然と言ってよい。いったい鏡花はどうしてこのような暴挙に走ったのか。

鏡花は物語中の河野一族に実在感を与えるため、比較的親しくしていたある一族をモデルとして活用したらしい。これはその一族の一員にあたる内田亨が「『婦系図』のモデル」（昭和41年10月『学士会会報』）で明らかにしている通りであろう。鏡花は書き終えてから、その一族に虚構化に伴う心理的不快感を与えかねないことを考慮し、あわてて遺書という形での処理をはかったのではないか。もちろん、これは物語の精度を著しくそこなうものであり、現在では理由を付して物語から削除されている。稀有の物語作家・泉鏡花にして、こうした創作上のミスを犯すことがあると考えると、書くことの難しさと危うさを痛感させられるではないか。

付録1　『婦系図』の人物相関図

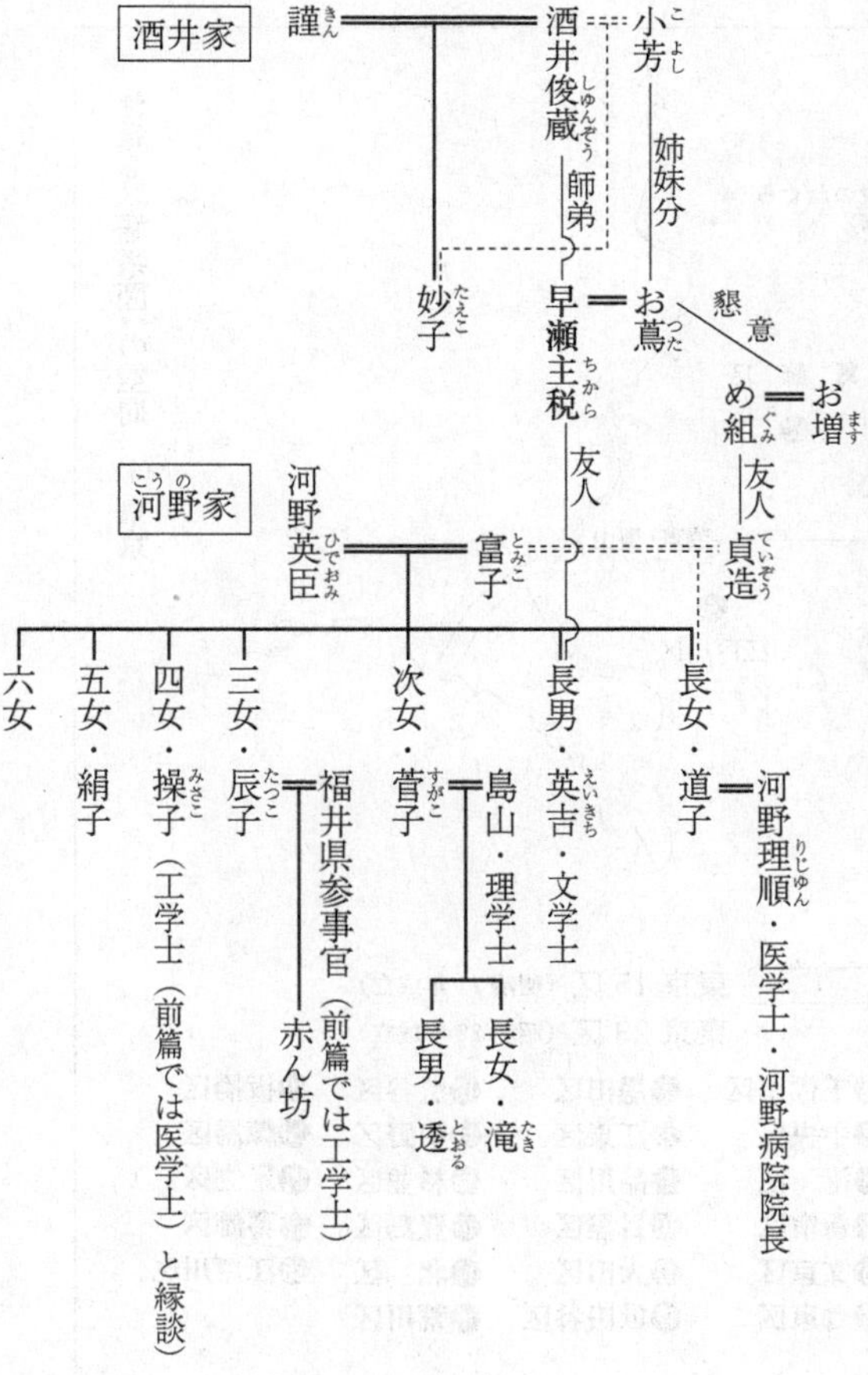
酒井家
謹《きん》
酒井俊蔵《しゅんぞう》
小芳《こよし》
師弟
姉妹分
妙子《たえこ》
早瀬主税《ちから》
お蔦《つた》
懇意
め組《ぐみ》
お増《ます》
友人
友人
河野《こうの》家
河野英臣《ひでおみ》
富子《とみこ》
貞造《ていぞう》
長女・道子
河野理順《りじゅん》・医学士・河野病院院長
長男・英吉《えいきち》・文学士
次女・菅子《すがこ》
島山・理学士
長女・滝《たき》
長男・透《とおる》
三女・辰子《たつこ》
福井県参事官（前篇では工学士）
赤ん坊
四女・操子《みさこ》（工学士（前篇では医学士）と縁談）
五女・絹子
六女

付録2『婦系図』の空間 (1)東京

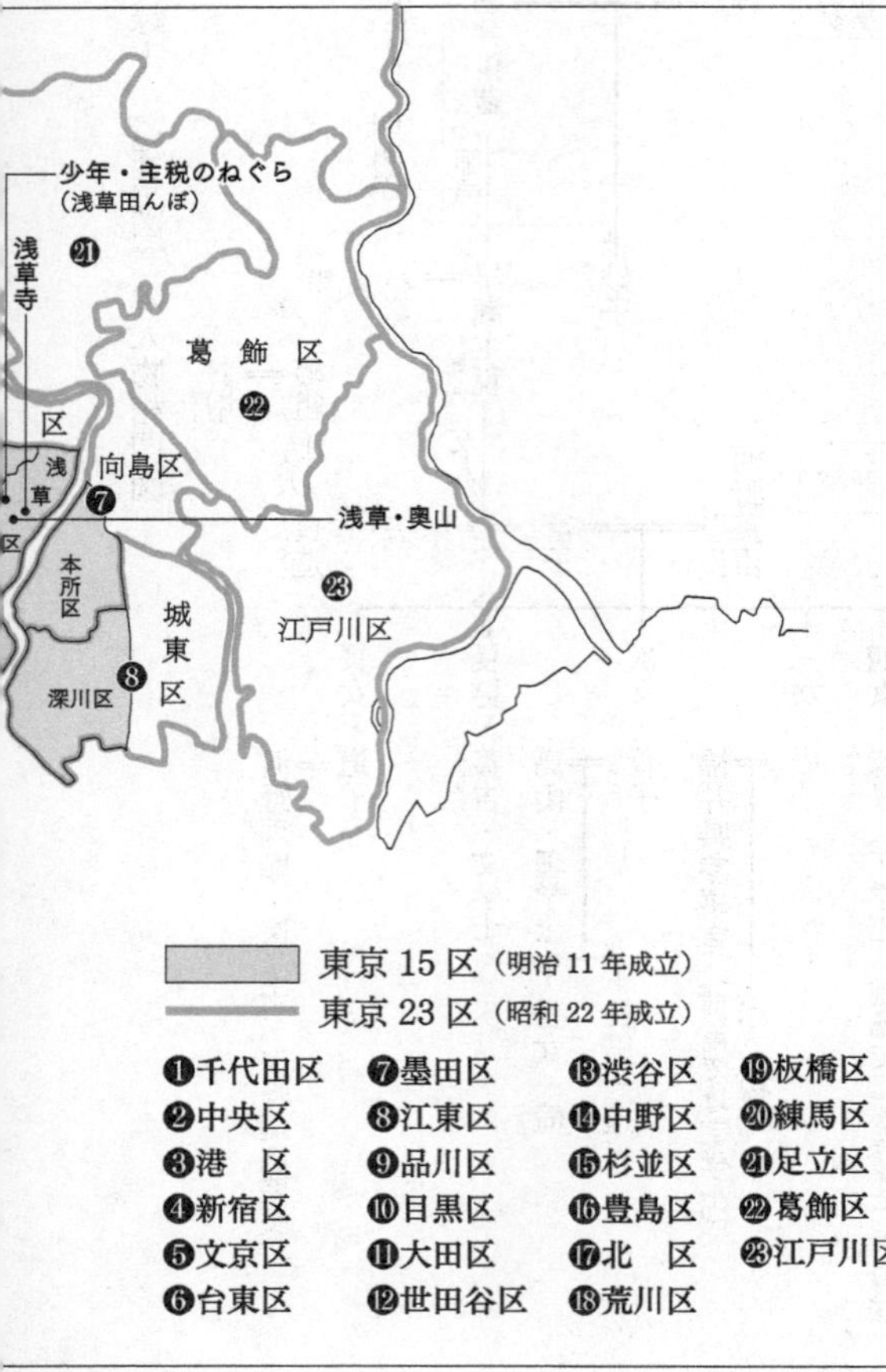

足立区
湯島天神
王子区
⑰
⑲
板橋区
⑳
滝野川区
荒川区
⑱
豊島区
⑯
小石川区
⑤
本郷区
下谷区
⑥
⑭
中野区
淀橋区
酒井俊蔵宅(真砂町)
早瀬主税宅(飯田町)
河野英吉宅(牛込南町)
牛込区
神田区
④
四谷区
麹町区
日本橋区
⑮
杉並区
①
②
渋谷区
⑬
赤坂区
京橋区
③
麻布区
芝区
酒井妙子の通う
照陽女学校(麹町)
⑫
世田谷区
目黒区
⑩
荏原区
⑨
品川区
新橋停車場
め組宅(八丁堀)
柏家(柳橋)
大森区
⑪
蒲田区

付録2『婦系図』の空間　(2)静岡

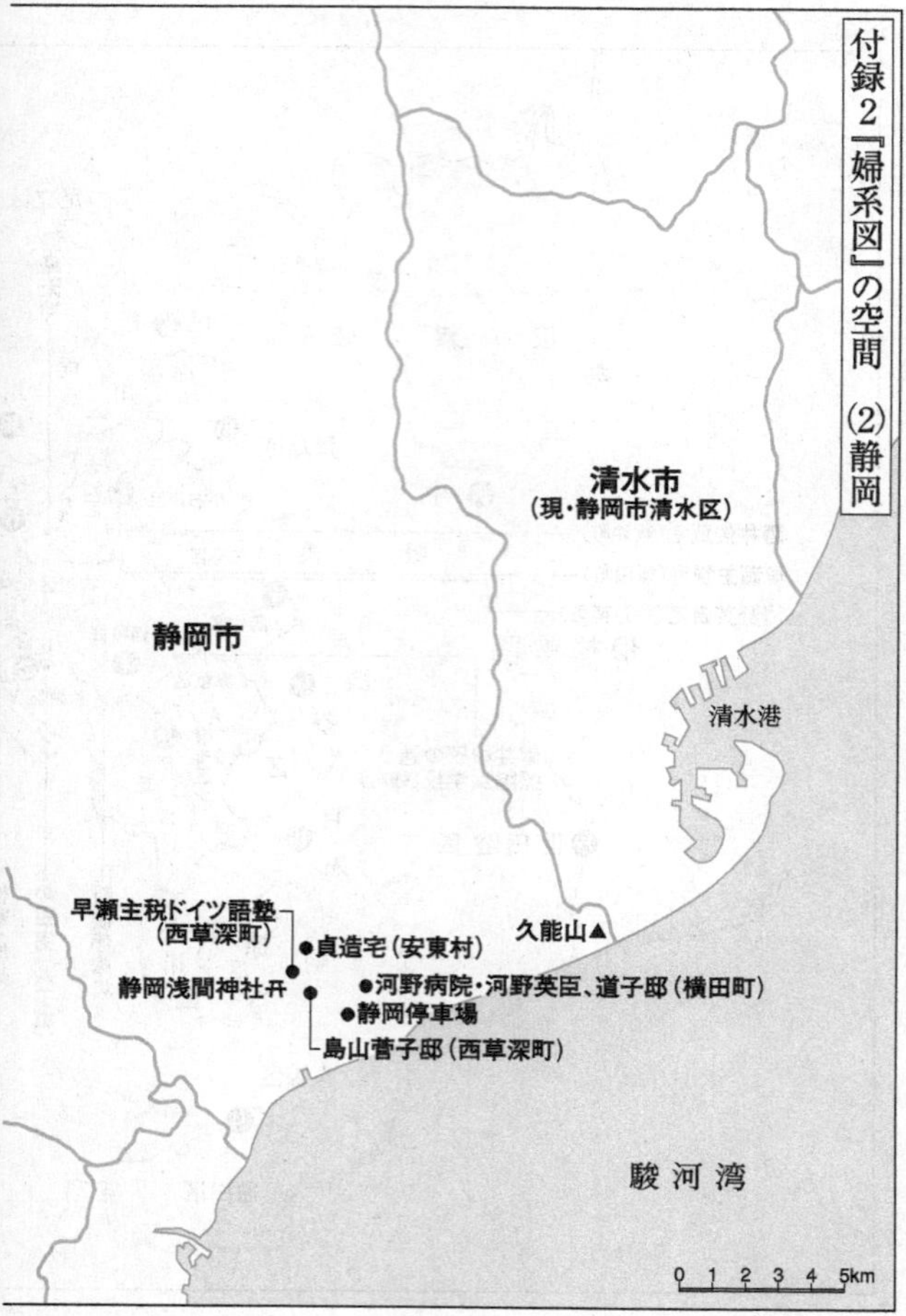

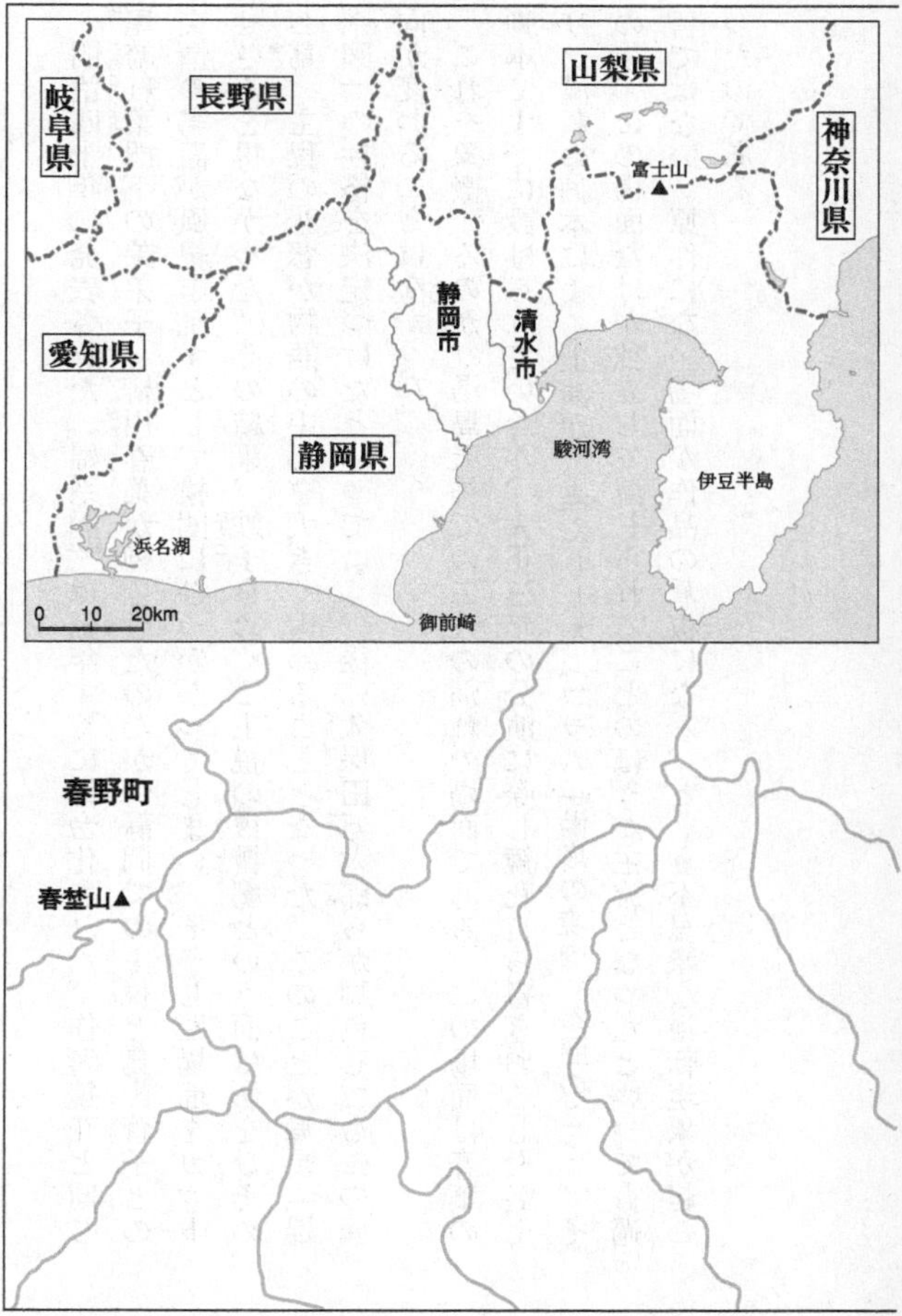
岐阜県
長野県
山梨県
神奈川県
富士山
静岡市
清水市
愛知県
静岡県
駿河湾
伊豆半島
浜名湖
0 10 20km
御前崎
春野町
春埜山

付録3　舞台・婦系図

明治四十年に発表された『婦系図』は翌年すぐに舞台化された。作者鏡花と同じ尾崎紅葉《おざきこうよう》門下の弟弟子・柳川春葉《やながわしゅんよう》が脚色したのだが、静岡での主税《ちから》と島山菅子《すがこ》との交情の場面が風紀を乱すとして検閲にひっかかってしまい、そうした場面をカットせざるを得なかった。その結果、妙子《たえこ》をめぐる主税の復讐《ふくしゅう》劇という面は影をひそめ、お蔦《つた》・主税の悲恋が物語の中心を大きく占めることとなった。このことが舞台「婦系図」の性格を決定づけたといってよく、後に久保田万太郎《くぼたまんたろう》らが脚色してもこの傾向が変わることはなかった。

これを象徴するのが、湯島天神での二人の別れの場面である。この場面は春葉の脚本ですでに設けられていたが、大正三年の公演に際し鏡花自ら書きおろした名セリフ満載の脚本による上演が大当たりした（コラム「湯島の境内」参照のこと）。その後、この場面だけが独立して演じられることのほうが主流となったといっても過言ではない。原作にない場面が作品の看板になる、という不思議な逆転現象が起こったのである。

「湯島の境内」や、原作の「思いやり」「お取膳《とりぜん》」に当たるお蔦・妙子・小芳《こよし》が織りなす「めの惣《そう》」の場の一幕ものも含めて、「婦系図」は新派の古典中の古典として、初演以来現在まで数えきれないほど繰り返し上演されてきた。上の表はそのごく一部で、近年はまた全編通しでの公演が復活している。

新派以外でも、山本富士子の「湯島の白梅」、演歌歌手・大月みや子の「お蔦ものがたり」など上演を重ねる舞台があり、ネオ歌舞伎を標榜《ひょうぼう》する花組芝居による、復讐劇の比重を高めた新脚色（加《か》納幸和《のうゆきかず》）の試みもなされている。

	劇場	主税役	お蔦役
明治41年	新富座《しんとみざ》	伊井蓉峰《ようほう》	喜多村緑郎《きたむらろくろう》（女形）
大正3年	明治座	伊井蓉峰	河合《かわい》武雄（女形）
昭和8年	明治座	梅島　昇	花柳《はなやぎ》章太郎（女形）
昭和25年	新橋演舞場	花柳章太郎	水谷八重子（初代）
昭和54年	新橋演舞場	片岡孝夫（十五代・仁左衛門《にざえもん》）	水谷良重《よしえ》（二代・八重子）
平成20年	新橋演舞場	十五代 片岡仁左衛門	波乃久里子《なみのくりこ》

付録4 映画・婦系図

「婦系図」の映画は当初、連鎖劇というかたちで始まった。連鎖劇とは、ある場面は演劇で、ある場面は映画で、というように交互に上演上映して一つの舞台としたものである。一度に演劇と映画の両方が安く楽しめたため、大正時代の一時期、大いに流行したらしい。純粋な映画がつくられたのは昭和に入ってからで、次の五度映画化されている。

封切	制作	監督	主税役	お蔦役	
昭和9年	松竹（蒲田）	野村芳亭《ほうてい》	岡 譲二	田中絹代	
昭和17年	東宝（東京）	マキノ正博	長谷川一夫	山田五十鈴《いすず》	正・続の二本立て 昭和24年、総集編
昭和30年	大映（東京）	衣笠貞之《きぬがさていの》助《すけ》	鶴田浩二	山本富士子	タイトル「湯島の白梅」
白黒					
発声版					

カラー					
発声版					
昭和34年	新東宝	土居通芳《みちよし》	天知《あまち》　茂	高倉みゆき	タイトル「婦系図　湯島に散る花」
昭和37年	大映（京都）	三隅《みすみ》研次	市川雷蔵	万里《ばんり》昌代	

★コラム　戦時下の婦系図

昭和十七年に封切られたマキノ正博監督の「婦系図」は、両国の川開きで打ちあげられる花火のシーンで始まる。これは、酒井俊蔵《しゅんぞう》（喜劇役者の古川緑波《ロッパ》が演じた）が火薬の研究者だという、この映画の設定と響きあうものであった。酒井は原作ではドイツ文学者だが、太平洋戦争まっただなかのこのとき、最初の脚本では内務省の許可がおりなかった。そこでやむなく、酒井を爆弾をつくる化学者にしたてあげ、国策映画風にしたのである。だからこの映画では、弟子である主税《ちから》も日夜、自宅の書斎で（！）火薬の調合にいそしんでいる。そして時々お蔦《つた》のために線香花火をつくって、火鉢の上で二人で楽しんだりするのである。

作品解説　聖なる婦《おんな》たちの系図

『婦系図』は膨大な鏡花文学の中でも最も人口に膾炙《かいしゃ》した物語だったのではないか。かつては誰でも『婦系図』と聞けば湯島天神の白梅を想い起こし、その香りの中でのお蔦《つた》と主税《ちから》の悲痛な別れのシーンに涙したものである。主税の「月は晴れても心は暗闇《やみ》だ」やお蔦の「切れるの別れるのツて、そんな事は、芸者の時に云《い》ふものよ」といったセリフなど子供ですら知っていたものだ。その名セリフと「湯島通れば　思い出す」と歌い出される流行歌は一世を風靡《ふうび》し、その著名度は尾崎紅葉《おざきこうよう》の『金色夜叉《こんじきやしゃ》』の名場面「熱海《あたみ》の海岸」に匹敵するものだった。

しかし実はこのシーンは『婦系図』の物語本文にはなく、演劇化された後、「湯島の境内」として新たに書き加えられた一幕物の戯曲に他ならない。このことについては本書のコラム「湯島の境内」や付録３「舞台・婦系図」を参照してもらいたいが、いずれにしても原作にない場面が作品の中心的な名シーンとして多くの人々の脳裏に刻み込まれたことは事実である。こうした奇妙な例は近代日本文学史に類例がなく、きわめて珍しいケースだと言わなければならない。

『婦系図』という作品はこれ以外にも人々の関心をひきつけてやまない魔的とでも言える力を保有していた。それは作品の生成にまつわるもので、作者鏡花をめぐる私生活から派生するゴシップとでも呼べるものであった。巻末の年譜に詳しいが、鏡花は明治三十二年に神楽坂《かぐらざか》の芸者桃太郎と知り合い、たちまち恋におちた。一説には彼女の本名すずが鏡花の母の名と同一であったこともこの恋に拍車をかけたと言われている。それはともかく、二人は同棲をはじめるが、それを鏡花の師である紅葉に知られてしまう。この鏡花の恋をなぜか紅葉は全く認めず、別れるように激しく迫った。病床にあった紅葉は体調不良のいらだちも手伝ってか激情的に二人を別れさせた。これは事実であり、紅葉の当時の日記により裏付けられる。その結果、二人が結ばれたのは明治三十六年の紅葉の死後であった。こうした事情をふまえると『婦系図』執筆のモティーフはきわめて明瞭であるかのように思われる。すなわち鏡花は自らとすずを主税とお蔦として、大恩ある紅葉を酒井俊蔵《しゅんぞう》として描いたのだという推測が成り立つのである。実にわかり易く、また生《な》ま生《な》ましい魅力に満ちた説で、いかにも観劇するファンの間でささやかれそうな話である。確かにこの物語にはそうした私小説性がにじみ出ていることは否定できないが、それが全編をおおいつくしているわけではけっしてない。それどころか後半部の静岡での凄惨《せいさん》なドラマはお蔦と主税の悲恋など無化するような暗く重い激情に貫かれているではないか。『婦系図』という物語はその成立前後に派生した美《うるわ》しい伝説とは全く異なり、一種異様な憎悪と怨念の渦まく復讐《ふくしゅう》のドラマとして成立しているのである。

『婦系図』は明治四十年の一月一日から四月二十八日まで東京のやまと新聞に全一一八回にわたって連載された。そして三月三日までの分が『婦系図前篇』（明治41年2月）として、それ以降が『婦系図　後篇』（明治41年6月）として共に春陽堂から刊行されている。この発表年代はそのまま物語内の時間とほぼ重なっており、当時の新聞読者にとってきわめて読み易い設定となっている。ただ空間的には、後半がほとんど静岡を中心に展開する点がいささか異色だと言える。紅葉の『金色夜叉』も舞台は熱海《あたみ》や塩原《しおばら》などに転移するが、それも限定的で、東京の物語だと言ってよい。しかし『婦系図』では、前半の東京から舞台を移した後半の静岡において知られざる悽愴《せいそう》なドラマが展開するのだ。お蔦・主税の悲恋などどこへ行ったかと思えるような悪漢小説《ピカレスクロマン》が急激に姿を現すのである。だから静岡という地方都市での後半に物語の中心があると言ってもよいのだが、この点は後に詳述するとしてまずは物語の発端に戻らなければならない。

確かに多くの読者、とくに芝居や映画でこの物語に接した人々にとって、『婦系図』の中心人物はお蔦と主税である。しかし、この二人が恋をし一緒になったことが全ての始まりであるように思われる。この二人の関係に河野《こうの》家は全く無関係であり、悲恋の原因はあくまでも主税の恩師・酒井俊蔵にある。とするならば河野家は彼らに対しどのようにかかわってくるのか。

後半まで読み進めていけば、この物語の中心が河野家に対する早瀬主税のすさまじい闘争のドラマであることに気付く。いったい主税は彼らの何に対して激怒したのであろうか。確かに主税はスリの片棒をかついだという噂《うわさ》を彼ら側の人間によってかきたてられ勤務先の陸軍参謀《さんぼう》本部などを辞職せざるを得なくなる。だから個人的な怨念も胚胎していることは事実だが、主税の激情はそうした個人的な問題に発しているわけではない。あくまでも酒井家に対する河野家の態度、すなわち河野英臣《ひでおみ》の長男で跡取りである英吉《えいきち》が酒井家の一人娘妙子《たえこ》に求婚したことに端を発しているのである。

主税は数えの十二歳の頃から酒井家に引き取られ、俊蔵によってドイツ語学者にまで育て上げられた。その後、酒井家から出て自立するのだが、少なくともそれまでは妙子と共に育てられている。妙子は現在でも主税を慕い続けているようであり、父俊蔵もそれに以前から気付いていたらしい。つまり俊蔵は手塩にかけて育てた愛弟子《まなでし》の主税を妙子の夫にと考えていたのではないか。そしてそれを察知した主税は先んじて己の身を酒井家から引きはがしたのではなかろうか。

後半のクライマックスで彼自身が告白するが、主税はもとは浅草で「隼《はやぶさ》の力《りき》」と呼ばれたスリであった。主税はその過去が酒井家や妙子を傷つけることを恐れ、俊蔵を〈江戸っ子〉、妙子を〈聖なる少女〉として神格化することで己の身を彼らから遠ざけてきたのではなかったか。お蔦に接近したのもそうしたベクトルの作用であったのかもしれない。それはともかく、主税にとって妙子は〈永遠の聖少女〉であり、犯すべからざる存在に他ならなかったのである。

主税はこの〈江戸っ子〉の俊蔵や〈聖少女〉の妙子を汚すような河野家の

醜い野望に激怒せざるを得なかった。俊蔵も主税の配慮などを十二分にくんだ上でこの縁談を事実上断るわけで、この問題は前半でほぼ片が付いたと言ってよい。河野家側の認識は違っているらしいが、酒井側としてはすでに決着済みだったのではないか。にもかかわらず主税は河野家の内部に入り込み、長女の道子や次女の菅子《すがこ》と関係をもって河野家の内部崩壊を企てていく。そして結果的に英臣と富子《とみこ》の夫婦ばかりか道子と菅子までも死に到らしめるのだ。もちろん妻のお蔦と自らを代償とするわけだが、何とも凄惨きわまりないような復讐のドラマだと言わざるを得ない。主税はなぜここまで自らを〈悪漢〉に仕立て上げなければならなかったのか。

英吉によって得々と語られる河野家の野望は確かに主税でなくともあまり聞き心地のよいものではない。ただ息子や娘の婚姻によって一族の繁栄をはかるという方法は昔から存続していたわけで、それほど特殊なものではない。明治の階層社会では、より意図的に企図されるようになっていたのではないか。しかし主税のような理念的存在には到底許すべからざる態度や姿勢あるいは方法だったのである。もちろん一般論としてならば主税も笑ってすませたに違いない。しかし大恩人の俊蔵や娘の妙子さらにはその育ての母謹《きん》が対象となった時、彼の怒りと激情は極点に達してしまったのだ。だからこそ主税は、とくに〈聖なる少女〉妙子や〈聖母〉とも呼ぶべき謹夫人ひいては妙子の隠れた生みの母小芳《こよし》らの婦《おんな》たちの系図を守りぬくために、自らの身体を代償にして闘《たたか》うことを決断するのである。

もちろん主税はこの闘いを一人だけで貫徹していったわけではない。妙子や謹、そして小芳らの系図を美しいまま守りぬくためには、身を滅ぼすべき婦《おんな》たちの系図も必要だったのではないか。河野家の道子や菅子は英臣と富子に殉じたとも言えるし、自らの罪を清算しようとしたのかもしれない。しかし結果として婦《おんな》たちの死の系図に書きこまれるべき存在だったことは事実である。そして、この系図の筆頭に名を記されるのがお蔦である。彼女こそ主税の復讐劇の共演者に他ならず、自らの死をかけて結果的に妙子や謹や小芳らを守り抜いていったのである。その死が実にドラマティックに描かれているのはそのためだといってよい。

ところで、こうした主税たちの死によって守られていった婦《おんな》たちはその後どうなるのだろうか。謹や小芳はともかく〈聖少女〉妙子はいったいどうなるのか。謹や小芳はクライマックスの悲劇とは無縁だが、妙子はその場で四人の死と直面してしまったのである。妙子はその夜、清水港《しみずみなと》の旅館で、幼い頃早瀬に昔話をしてもらったように慰められて、すやすやと寝たと語られている。あたかも〈聖少女〉が〈聖幼女〉に退行したような姿だとみてよい。主税に見守られている限りはそれでいいのかもしれないが、彼女が目ざめた時主税は死んでいるのである。河野家の人々の死は別としても、妙子はこの主税の死を正面から受けとめることができるであろうか。すやすやと眠る〈聖幼女〉妙子のあどけない顔を主税と共に眺めている読者としてはこうした疑問を抱かざるを得ない。もちろん、彼女には生みの母の小芳や〈聖母〉謹らがついている。その点では安心できるとしても、妙子の心の傷がはたして本質的に癒されるかどうか一抹《いちまつ》の不安が読者の心に残るのである。主税たちの命をかけた闘いによって守られた婦《おんな》たちの美しい系図に、いささかの汚点《しみ》もにじみでてこないことを読者としては願うのみである。

作家解説　〈近代〉を撃つ人――泉鏡花

泉鏡花（明治六〈一八七三〉年～昭和十四〈一九三九〉年）の六十六年にわたる生涯は明治初年代の生まれとしては比較的長かったと言えるかもしれない。前年の明治五年に生まれた樋口一葉《ひぐちいちよう》がわずか二十四歳で世を去ったのにくらべればきわめて長命であったとさえ言えるのではないか。しかし、その六十六年間、鏡花という作家は常に圧倒的なファンに支えられ続けていたというわけではなかった。それどころか、むしろ、お化け作家などと嘲笑されることすらあったわけで、その文学世界が十二分に理解されはじめたのは戦後であり、それも昭和四〇年代以降なのである。ただ、その一方で鏡花が常に少数の熱狂的愛読者に囲まれてきたことも事実で、特に同じ小説家たちから敬愛されていたことはよく知られている。夏目漱石《なつめそうせき》を筆頭にして谷崎潤一郎《たにざきじゅんいちろう》、芥川龍之介《あくたがわりゅうのすけ》、里見弴《さとみとん》、久保田万太郎《くぼたまんたろう》、水上瀧太郎《みなかみたきたろう》らがそれにあたるが、戦後では三島由紀夫《みしまゆきお》をその代表としてあげることができる。

さるにても鏡花は天才だつた。時代を超越し、個我を神化し、日本語としてもつとも危きに遊ぶ文体を創始して、貧血した日本近代文学の砂漠の只中《ただなか》に、咲きつづける牡丹《ぼたん》園をひらいたのである。

これは中央公論社から刊行された『日本の文学4 尾崎紅葉・泉鏡花』(昭和44年)の解説の一節だが、単なる解説の域をはるかに超えた、異様な熱気を感じさせる一文となっている。その中心は鏡花の「日本語としてもっとも危きに遊ぶ文体」への讃歌《オマージュ》にあるわけで、三島はここで自らの明晰《めいせき》な文体の対極にあるとも言える鏡花の迷宮的な文体への羨望《せんぼう》をかくそうとはしていない。分析的で、しかも美的な文体を駆使してやまない三島からこうした絶讃の言葉を引き出した鏡花は作家冥利《みょうり》につきると言わなければならないが、その鏡花の文体とはいったい、どのようなものなのか。

「夢とも、現《うつつ》とも、幻《まぼろし》とも……目に見えるやうで、口には謂《い》へぬ——而《そ》して、優しい、懐《なつか》しい、あはれな、情のある、愛の籠《こも》つた、ふつくりした、然《しか》も、清く、涼しく、悚然《ぞつ》とする、胸を掻拶《かきむし》るやうな、あの、恍惚《うつとり》となるやうな、まあ例へて言へば、芳《かんば》しい清《きよ》らかな乳を含みながら、生《うま》れない前《さき》に腹の中で、美しい母の胸を見るやうな心持《こころもち》の──唄《うた》（後略）」

これは『草迷宮《くさめいきゅう》』（明治41年）の主人公が自らの夢を語ったものだが、主述の関係性などを全く無視したような異様な文体であり、一読してすぐには意味内容を把握することが難しいのではないか。もちろん冷静に読み解いていけば、ほとんどの語句が「唄」にかかる形容であることが判明する。だが、それにしてもすさまじい数量の形容句ではないか。これほど形容句を並べてもなお言いつくせない「唄」とはいったいどのようなものなのであろうか。

この『草迷宮』の主人公の青年は幼少期に母より聞かされた手毬唄《てまりうた》を探し求めて永久に迷宮をさまよい続ける。その手毬唄は「生れない前に腹の中で、美しい母の胸を見るやうな心持」の唄らしいが、これはほとんど不可能であることを言っているに等しい。母の胎内にいつつ、その母の美しい胸の乳房をみることなどありえないのだが、その不可能性を言葉にすると先に引用したような迷宮的文体が生まれるのではないか。論理的明晰性を誇る三島由紀夫が呆然《ぼうぜん》とせざるを得なかったのはこうした文体であり、それは誰にも模倣を許さない類《たぐい》まれなものに他ならないのである。

ところでこの『草迷宮』の文体はその独特な行文の魅力もさることながら鏡花文学の深層を流れるモティーフの一つを垣間見《かいまみ》せてくれている。それは母との一体化への激しい希求とその不可能性にあるとみてよい。鏡花は幼くして美しい母を失っているが、その喪失感から生涯回復することがなかったらしい。初期に年上の女性からかわいがられる少年という設定の小説が多いのはそれゆえであるといってよい。一方で鏡花は幼い二人の妹を他家の養女とするという喪失体験もしているわけで、女性は庇護《ひご》しなければならないというような強い観念をも自らの体内で育成しつつあったらしい。女性に対するこうした相反する激しい観念や感情の相克が泉鏡花という作家の出発期にあたってその胸中に渦まいていたのではないか。

こうした激烈な葛藤の結果として生み出されたのが例えば「高野聖《こうやひじり》」(明治33年)の女仙《にょせん》像ではなかったか。異界とも呼ぶべき山奥の孤家《ひとつや》に住む女は迷い込んでくる男たちを魅了してやまない蠱惑《こわく》的なエロティシズムを発揮するが、一方ではその男たちをたやすく動物にかえる魔力を平然と行使する。まさしく魔女とも言えるのだが、その反面、心身に障碍《しょうがい》を負った少年に対しては母的なやさしさで接し、主人公の高野聖を限りなく感動させるのである。

こうしたさまざまな要素を一身に具現した女仙像こそ鏡花文学の中心的なコードの一つを形成するものであり、「高野聖」はその出発点に位置しているとみてよい。以降、鏡花はこうした異界に存在する女仙をはじめとしてさまざまな幻想的で妖《あや》しい女性たちを描き続けていく。鏡花文学の中心はこうした女性のたたずむ幻想世界が描かれたことにあるのだが、一方では例えば、明治という現実の時空の中でくりひろげられる人間のドラマも数多くみられる。

先に鏡花が二人の妹を失ったことに触れたが、その喪失感からか彼には女性を現実社会での被害者としてとらえる傾向があった。と同時に鏡花は現実的に近代化していく社会のシステムに強い違和感を抱いていたようである。例えば法律にかかわる職業である裁判官、検事、弁護士、警察官などは鏡花の眼には人びと特に貧民や女性達に対する迫害者として映ったようである。また学校という新しい教育制度も鏡花の美意識に抵触するらしく、教師はしばしば子供達の圧制者として登場するのである。これに対して芸者や芸人あるいは乞食たちははかなくも美しい者として鏡花が最も同情する存在であった。例えば彼の初期の「義血侠血《ぎけつきょうけつ》」(明治27年)などはその典型で、水芸の旅芸人・白糸《しらいと》の激しくも悲しく哀れな恋が鮮烈に描かれていくのである。白糸だけでなく、芸者や芸人である彼女たちの志や想いは明治という新時代の制度の中で常に疎外されたり、圧殺されたりして、むくわれることなく終わる。彼女たちの痛苦な生と死を描きつつ鏡花は〈近代〉の輝かしさの底に潜む暗《くら》闇《やみ》を感知し凝視し続けていたのではないか。もちろん先述したように鏡花は一方で彼女たちの夢を美しく開花させる方法を十二分に駆使し続けた。幻想という領域の中でこそ彼女たちの意志と情熱は美しく鮮やかな映像として定着されていったのである。

電燈の球《たま》が巴《ともえ》に成つて、黒くふはりと浮くと、炬燵《こたつ》の上に提灯《ちょうちん》がぼうと掛《かか》つた。

「似合ひますか。」

座敷は一面の水に見えて、雪の気《け》はひが、白い桔梗《ききょう》の汀《みぎわ》に咲いたやうに畳に乱れ敷いた。

これは「眉《まゆ》かくしの霊」（大正13年）のラストで、芸者お艶《つや》の亡霊がこの地を訪れた旅人の前に幻出するシーンである。お艶はわけあって「桔梗ヶ池の奥様」と呼ばれるこの地の女仙と美を競いあうこととなり、それがタブーに触れたのか生命を失う。その彼女の霊が「似合ひますか」という言葉とともに旅人の前に姿を現したのだ。この場面は東京に帰った旅人によって回想として語られているはずなのだが、物語はこの過去の時空でしめくくられ、二度と現在に戻ることはない。過去が現在を侵犯するほどのインパクトをもっていると言えるほどの幻想的なシーンであり、旅人のみならず読者ですら「似合います」と応《こた》えてしまいそうな迫力にみちている。こうした幻想的な領域においてこそ芸者や芸人たちの情念はある意味で救済されていくのであり、そこに鏡花文学の本質があるとみてよい。鏡花が近代日本における最大の幻想作家と揚言されるのもこの点に負っているのである。

しかし、繰り返すが鏡花の〈近代〉をみつめる視線にはどうしても痛苦な色彩がにじんでやまなかったようである。だから明治という時代を枠組みとした物語はいずれも暗く重い。とくに長編はその傾向が強く、『婦系図』などはまさしくその代表といってもよい。明治という新時代を生きるさまざまな女性たちを鏡花はどのように描きわけていったろうか。そして彼女たちの生と死は〈現代〉を生きる私たちに何を投げかけてくるのか。それらをじっくりと味わっていきたい。

泉鏡花略年譜（『婦系図』発表前後までを中心として）

明治六（一八七三）年
十一月四日、石川県金沢町（現・金沢市）に泉家の長男として出生。本名鏡太郎。父清次は彫金師。母すずは加賀藩江戸屋敷の能楽の大鼓師《おおかわし》の娘。

明治十（一八七七）年　四歳
母や近所の女性たちから口碑伝説を聞いたり、『白縫物語《しらぬいものがたり》』など草双紙の絵解きを聞いたりする。妹他賀《たか》出生。

明治十三（一八八〇）年　七歳
弟豊春（後の小説家・泉斜汀《しゃてい》）出生。養成小学校入学。草双紙の口絵や挿絵《さしえ》を透写。

明治十五（一八八二）年　九歳
妹やゑ出生（宮崎家の養女へ）。母すず産褥熱《さんじょくねつ》で死去（二十八歳）。この母の死は生涯にわたって鏡花の意識を支配し続けた。

明治十七（一八八四）年　十一歳
父と石川郡松任《まっとお》の摩耶夫人《まやぶにん》（釈迦《しゃか》の生母）像に詣《もう》で感動。亡き母の面影をそこに見出したらしい。金沢高等小学校入学、すぐ真愛学校（のち北陸英和学校と改称）

に転学。アメリカ人の校長の妹ミス・ポートルにかわいがられる。また近所の湯浅時計店の娘しげや又いとこの目細《めぼそ》てると親しむ。こうした、幼くして母を亡くし、年上や頼りになる女性たちに愛された経験は初期の鏡花文学の構図を形成するものとなった。前年に父と再婚したサク、泉家から去る。鏡花がなつかなかったことが主な原因。翌々年、妹他賀、小竹家の養女に。

明治二十一（一八八八）年　十五歳

第四高等中学校（後の旧制四高。現・金沢大学）を受験したが、不合格。前年から坪内逍遙《つぼうちしょうよう》の小説など読む。

明治二十二（一八八九）年　十六歳

尾崎紅葉《おざきこうよう》の『二人比丘尼《ににんびくに》色懺悔《いろざんげ》』に心酔。貸本の小説に読みふける。

明治二十三（一八九〇）年　十七歳

小説家を目指し、十月に上京。紅葉の門下生を志したが、機会を逸し果たさず。湯島や本郷の友人の下宿先を転々とするなど、一年ほど放浪生活を送る。

明治二十四（一八九一）年　十八歳

十月、思い切って紅葉を訪ね、玄関番の書生として住み込むことを許される。この後、明治二十八年まで牛込《うしごめ》区牛込横寺町《うしごめよこでらまち》（現・新宿区横寺町）の紅葉宅で小説修業に打ち込む。

明治二十五（一八九二）年　十九歳

処女作「冠弥左衛門《かんむりやざえもん》」を京都の日出新聞に連載。金沢に大火が発生し生家焼失。

明治二十七（一八九四）年　**二十一歳**

父清次死去。帰郷したが生計の見通しが全くたたず、自殺を考える。その絶望感をふき払うように小説を量産。紅葉の尽力で「義血侠血《ぎけつきょうけつ》」（芝居「滝の白糸《たきのしらいと》」の原作）など発表。

明治二十八（一八九五）年　**二十二歳**

紅葉宅から出版社・博文館の大橋乙羽《おおはしおとわ》宅に移転。小説や評論など旺盛に発表。「夜行巡査《やこうじゅんさ》」や「外科室《げかしつ》」が観念小説として評価され、川上眉山《かわかみびざん》とともに新進作家となる。

明治二十九（一八九六）年　**二十三歳**

小説「一之巻《いちのまき》」～「誓之巻《ちかいのまき》」や「龍潭譚《りゅうたんたん》」「照葉狂言《てりはきょうげん》」などによって自らの文学的鉱脈を発見。小石川区小石川大塚町（現・文京区大塚）に居を構え、金沢から祖母と弟を迎える。その意味でも自立の年となる。

明治三十（一八九七）年　**二十四歳**

初めての口語体小説「化鳥《けちょう》」発表。内容的にも転機となる。翌年から、石川県の輪島で芸者をしていた妹他賀をしばらくの間ひきとる。

明治三十二（一八九九）年　**二十六歳**

硯友社《けんゆうしゃ》の新年宴会で神楽坂《かぐらざか》の芸者桃太郎（本名伊藤すず。のちの鏡花夫人）を知る。本籍を東京に移す。「通夜《つや》物語」『湯島詣《ゆしまもうで》』など遊女や芸者が登場する小説にも力量を発揮。牛込《うしごめ》区南榎町《みなみえのきちょう》（現・新宿区南榎町）に転居。

明治三十三（一九〇〇）年　二十七歳
「高野聖《こうやひじり》」を発表。鏡花文学の原型が成立。翌年、画家の鏑木清方《かぶらききよかた》と相知る。生涯の友となった清方は以降、鏡花文学の口絵などを描き続ける。

明治三十五（一九〇二）年　二十九歳
「高野聖」の延長上に「女仙《にょせん》前記」「きぬぎぬ川」（「女仙後記」）発表。避暑と胃病療養をかねて神奈川県の逗子《ずし》に赴く。週に二日ほど、すずが訪れ家事を手伝う。

明治三十六（一九〇三）年　三十歳
一月、牛込《うしごめ》区牛込神楽町《うしごめかぐらちょう》（現・新宿区神楽坂）に転居し、すずと同棲。四月、病床の紅葉に激しく叱責《しっせき》され、すずはいったん泉家を去る。十月、紅葉の死をみとる。門下生を代表して弔詞。悪漢《ピカレスク》小説《ロマン》とも言うべき「風流線」発表。翌年「続風流線」発表。

明治三十八（一九〇五）年　三十二歳
祖母死去。健康を害し、明治四十二年まで逗子に転地療養。

明治三十九（一九〇六）年　三十三歳
「春昼」「春昼後刻」発表。

明治四十（一九〇七）年　三十四歳

「婦系図」発表。

明治四十一（一九〇八）年　三十五歳

『草迷宮《くさめいきゅう》』刊行。妹他賀死去。「婦系図」東京の新富座《しんとみざ》で初演。

明治四十二（一九〇九）年　三十六歳

麹町《こうじまち》区土手三番町（現・千代田区二番町）に転居。反自然主義を標榜《ひょうぼう》する文芸革新会に参加し伊勢、名古屋などへ講演旅行。夏目漱石《なつめそうせき》の斡旋《あっせん》で東京朝日新聞に「白鷺《しらさぎ》」連載。

明治四十三（一九一〇）年　三十七歳

「歌行燈《うたあんどん》」発表。麹町《こうじまち》区下《しも》六番町（現・千代田区六番町）に転居。すず夫人との終生の地となる。

大正二（一九一三）年　四十歳

戯曲「夜叉《やしゃ》ケ池《いけ》」「海神別荘《かいじんべっそう》」発表。久保田万太郎《くぼたまんたろう》と相知る。

大正三（一九一四）年　四十一歳

『日本橋』刊行。この本の装丁者である画家の小村雪岱《こむらせったい》は数多くの鏡花本の装丁を手がけた。戯曲「湯島の境内」発表。以降、戯曲「天守物語」（大正6年）や長編小説「芍薬《しゃくやく》の歌」（大正7年）「由縁《ゆかり》の女」（大正8〜10年）など旺盛に執筆。この間、水上瀧太郎《みなかみたきたろう》、谷崎潤一郎《たにざきじゅんいちろう》、芥川龍之介《あくたがわりゅうのすけ》らと知りあう。

大正十二（一九二三）年　五十歳

戯曲「山吹《やまぶき》」発表。九月一日、関東大震災にみまわれ、二昼夜、野宿。翌年「眉《まゆ》かくしの霊」発表。以降、晩年に到るまで旅行をしつつ、執筆を続ける。

大正十五（昭和元・一九二六）年　五十三歳

妹やゑと二十六年ぶりに再会。

昭和八（一九三三）年　六十歳

弟斜汀《しやてい》死去。その半年後に生まれた斜汀の娘名月《なつき》は、鏡花没後、すず夫人の養女に迎えられ、後年すず夫人からの聞き書きを随筆にまとめる。

昭和十四（一九三九）年　六十六歳

最後の小説「縷紅新草《るこうしんそう》」発表。九月七日、肺腫瘍《はいしゆよう》のため死去。雑司《ぞうし》ケ《が》谷《や》墓地（現・雑司ケ谷霊園）に埋葬。戒名は幽幻院鏡花日彩居士。

ビギナーズ・クラシックス　近代文学編《きんだいぶんがくへん》

泉《いずみ》鏡《きょう》花《か》の「婦《おんな》系《けい》図《ず》」

山《やま》田《だ》有《ゆう》策《さく》

平成23年 6月25日　初版発行
令和6年 10月25日　4版発行

発行者●山下直久

発行●株式会社KADOKAWA
〒102-8177　東京都千代田区富士見2-13-3
電話　0570-002-301（ナビダイヤル）

角川文庫 16803

印刷所●株式会社KADOKAWA
製本所●株式会社KADOKAWA

表紙画●和田三造

●お問い合わせ
https://www.kadokawa.co.jp/（「お問い合わせ」へお進みください）
※内容によっては、お答えできない場合があります。
※サポートは日本国内のみとさせていただきます。
※Japanese text only

ISBN978-4-04-407223-0　C0195

角川文庫発刊に際して

角　川　源　義

第二次世界大戦の敗北は、軍事力の敗北であった以上に、私たちの若い文化力の敗退であった。私たちの文化が戦争に対して如何に無力であり、単なるあだ花に過ぎなかったかを、私たちは身を以て体験し痛感した。西洋近代文化の摂取にとって、明治以後八十年の歳月は決して短かすぎたとは言えない。にもかかわらず、近代文化の伝統を確立し、自由な批判と柔軟な良識に富む文化層として自らを形成することに私たちは失敗して来た。そしてこれは、各層への文化の普及滲透を任務とする出版人の責任でもあった。

一九四五年以来、私たちは再び振出しに戻り、第一歩から踏み出すことを余儀なくされた。これは大きな不幸ではあるが、反面、これまでの混沌・未熟・歪曲の中にあった我が国の文化に秩序と確たる基礎を齎らすためには絶好の機会でもある。角川書店は、このような祖国の文化的危機にあたり、微力をも顧みず再建の礎石たるべき抱負と決意とをもって出発したが、ここに創立以来の念願を果すべく角川文庫を発刊する。これまで刊行されたあらゆる全集叢書文庫類の長所と短所とを検討し、古今東西の不朽の典籍を、良心的編集のもとに、廉価に、そして書架にふさわしい美本として、多くのひとびとに提供しようとする。しかし私たちは徒らに百科全書的な知識のジレッタントを作ることを目的とせず、あくまで祖国の文化に秩序と再建への道を示し、この文庫を角川書店の栄ある事業として、今後永久に継続発展せしめ、学芸と教養との殿堂として大成せんことを期したい。多くの読書子の愛情ある忠言と支持とによって、この希望と抱負とを完遂せしめられんことを願う。

一九四九年五月三日

角川ソフィア文庫ベストセラー

ビギナーズ・クラシックス 近代文学編
尾崎紅葉の「金色夜叉」
山田有策

許嫁・宮に裏切られた貫一は、冷徹な高利貸となり復讐を誓う。熱海海岸の別れや意外な顚末など名場面を凝縮。紅葉未完の傑作が手軽に読める！

ビギナーズ・クラシックス 近代文学編
一葉の「たけくらべ」
角川書店編

江戸情緒を残す明治の吉原を舞台に、少年少女の儚い恋を描いた秀作。現代語訳・総ルビ付き原文、資料図版も豊富な一葉文学への最適な入門書。

ビギナーズ・クラシックス 近代文学編
漱石の「こころ」
角川書店編

明治の終焉に触発されて書かれた先生の遺書。その先生の「こころ」の闇を、大胆かつ懇切に解き明かす、ビギナーズのためのダイジェスト版。

ビギナーズ・クラシックス 近代文学編
藤村の「夜明け前」
角川書店編

近代の「夜明け」を生き、苦悩した青山半蔵。幕末維新の激動の世相を背景に、御一新を熱望する彼の生涯を描いた長編小説の完全ダイジェスト版。

ビギナーズ・クラシックス 近代文学編
鷗外の「舞姫」
角川書店編

明治政府により大都会ベルリンに派遣された青年官僚が出逢った貧しく美しい踊り子との恋。格調高い原文も現代文も両方楽しめるビギナーズ版。

ビギナーズ・クラシックス 近代文学編
芥川龍之介の「羅生門」「河童」ほか6編
角川書店編

芥川の文学は成熟と破綻の間で苦悩した大正という時代の象徴であった。各時期を代表する8編をとりあげ、作品の背景その他を懇切に解説する。

ビギナーズ・クラシックス 日本の古典
おくのほそ道（全）
松尾芭蕉
角川書店編

旅に生きた俳聖芭蕉の五ヵ月にわたる奥州の旅日記。風雅の誠を求め、真の俳諧の道を実践し続けた魂の記録であり、俳句愛好者の聖典でもある。

角川ソフィア文庫ベストセラー

ビギナーズ・クラシックス 日本の古典

良寛 旅と人生

松本市壽 編

生きる喜びと悲しみを大らかに歌い上げた江戸末期の禅僧良寛。そのユニークな生涯をたどり和歌・漢詩を中心に特に親しまれてきた作品を紹介。

ビギナーズ・クラシックス 日本の古典

近松門左衛門『曾根崎心中』『けいせい反魂香』『国性爺合戦』ほか

井上勝志 編

文豪近松門左衛門が生涯に残した浄瑠璃・歌舞伎約一五〇作から五作を取り上げ、その名場面を味わう。他『出世景清』『用明天王職人鑑』所収。

ビギナーズ・クラシックス 日本の古典

南総里見八犬伝

曲亭馬琴
石川博 編

不思議な玉と痣を持って生まれた八人の男たちが繰り広げる勧善懲悪の物語。八犬士が出会うまでの前半と母の国を守るために戦う後半からなる。

ビギナーズ・クラシックス 中国の古典

論語

加地伸行

儒教の祖といわれる孔子が残した短い言葉の中には、どんな時代にも共通する「人としての生きかた」の基本的な理念が凝縮されている。

ビギナーズ・クラシックス 中国の古典

李白

筧久美子

酒を飲みながら月を愛で、放浪の旅をつづけた中国を代表する大詩人。「詩仙」と称され、豪快奔放に生きた風流人の巧みな連想の世界を楽しむ。

ビギナーズ・クラシックス 中国の古典

老子・荘子

野村茂夫

道家思想は儒教と並ぶもう一つの中国の思想。わざとらしいことをせず、自然に生きることを理想とし、ユーモアに満ちた寓話で読者をひきつける。

ビギナーズ・クラシックス 中国の古典

陶淵明

釜谷武志

自然と酒を愛し、日常生活の喜びや苦しみをこまやかに描く、六朝期の田園詩人。「帰去来辞」や「桃花源記」を含め一つ一つの詩には詩人の魂が宿る。

角川ソフィア文庫ベストセラー

ビギナーズ・クラシックス 中国の古典
韓非子
西川靖二

法家思想は、現代にも通じる冷静ですぐれた政治思想。「矛盾」「守株」など、鋭い人間分析とエピソードを用いて、法による厳格な支配を主張する。

ビギナーズ・クラシックス 中国の古典
杜甫
黒川洋一

若いときから各地を放浪し、現実の社会と人間を見つめ続けた中国屈指の社会派詩人。「詩聖」と称される杜甫の詩の内面に美しさ、繊細さが光る。

ビギナーズ・クラシックス 中国の古典
孫子・三十六計
湯浅邦弘

歴史が鍛えた知謀の精髄！ 中国最高の兵法書『孫子』と、その要点となる三十六通りの戦術をわかりやすくまとめた『三十六計』を同時収録する。

ビギナーズ・クラシックス 中国の古典
易経
三浦國雄

未来を占う実用書「易経」は、また、三千年に及ぶ、中国の人々の考え方が詰まった本でもある。この儒教経典第一の書をコンパクトにまとめた。

ビギナーズ・クラシックス 中国の古典
唐詩選
深澤一幸

漢詩の入門書として、現在でも最大のベストセラーである『唐詩選』。時代の大きな流れを追いながら精選された名詩を味わい、多彩な詩境にふれる。

ビギナーズ・クラシックス 中国の古典
史記
福島正

「鴻門の会」「四面楚歌」で有名な項羽と劉邦の戦い、春秋時代末期に起きた呉越の抗争など、教科書でおなじみの名場面で紀元前中国の歴史を知る。

ビギナーズ・クラシックス 中国の古典
白楽天
下定雅弘

平安朝以来、日本文化に多大な影響を及ぼした、唐代の詩人・白楽天の代表作を精選。紫式部や清少納言も暗唱した詩世界の魅力に迫る入門書。